俺を好きなのはお前だけかよ⑯
駱駝
らくだ
illustration ブリキ
JN075754

contents

デザイン●伸童舎

「俺は、必ず、三色院菫子を見つけ出す!!!!!」

サザンカ／真山亜茶花
ヒイラギ／元木智冬
ツバキ／洋木茅春

コスモス／秋野桜
パンジー／三色院菫子
ジョーロ／如月雨露

「やると決めたらやる。それが俺のモットーだ」
ジョーロ／如月雨露
『僕』の名前は如月雨露。通称ジョーロ。僕の名前から「月」を取ると「如雨露」になるんだ。だからジョーロ。単純な話でしょ？……などと『俺』の自己紹介していた時期もあったけっか。今思えば良くここまで来たもんだ。まあ、最後に最大の難問が立ちはだかっているわけなんだが……。

サンちゃん／大賀太陽
日向葵
あすなろ／羽立桧菜
たんぽぽ／蒲田公英

俺を好きなのはお前だけかよ

orewo sukinanoha omaedake kayo

駱駝（らくだ）

illustration ブリキ

16

俺の最後の希望

俺――ジョーロこと如月雨露が高校二年生に経験した出来事は、奇想天外なことばかり。

二人の少女から恋愛相談をされ、悪戦苦闘する日々。

なんちゃって三股記事が配布され、悪戦苦闘する日々。

稀覯本をダメにして買い戻すために、悪戦苦闘する日々。

図書室閉鎖から発展した恋愛争奪戦に、悪戦苦闘する日々。

偽彼氏を二人の少女と同時に行うことに、悪戦苦闘する日々。

串カツ屋と焼鳥屋の謎の聖戦に巻き込まれ、悪戦苦闘する日々。

三人の少女が背負う必要のない罪を消すため、悪戦苦闘する日々。

『素敵な思い出』を作ろうとする少女を手伝って、悪戦苦闘する日々。

北海道で、かつての幼馴染と予想外の形で再会し、悪戦苦闘する日々。

紡いできた大切な三つの絆を壊さざるを得なくなり、悪戦苦闘する日々。

俺の高校二年は、常に悪戦苦闘と隣り合わせ。

なんで俺ばっか、こんな目にあうんだ！　マジでやってらんねぇよ！

全てを投げ出して逃げてしまおうと考えた回数なんて、数えきれない。

それでも、何とか踏ん張って様々なトラブルを乗り越えられたのは、仲間達がいたからだ。

どんな時でも、俺と一緒にトラブルへ立ち向かってくれた最高の仲間達。

大丈夫だ。俺達ならどんな難問だって越えられる——なんて、アニメでよく聞きそうな言葉だけどよ、本気でそう思ってたんだ……。

でもよ、今回に限っては、ちと難しいかもしれねぇんだ。

いなくなっちまった……。いなくなっちまったんだよ……。

今まで、俺と一緒にトラブルへ立ち向かってくれた最高の仲間達が。

俺に襲い掛かる、最後の悪戦苦闘。

かつて受けた大きすぎる恩を返すため、姿を消してしまった一人の少女。

入れ替わりで現れた、ひたむきに想いを叶えようとする一人の少女。

二人の少女の複雑怪奇な想いが混ざり合い生み出された、答えの出ない大難問。

俺は、この難問を解決する手段を何一つ持ち合わせていなかった。

いや……、正確には、一つだけ簡単に終わらせる手段があったんだ。

ひたむきに想いを叶えようとする少女の想いを受け入れればいい。

だけど、俺はその答えを選ぶことができなかった。

分からなかったからだ。

消えてしまった少女の本当の想いが……。

だからこそ、会わなくてはならない。見つけなくてはならない。

姿を消してしまった、一人の少女を。

簡単な話ではない。……いや、間違いなく、これまでで最大級の難問だろう。

もう無理だ。こんな難問、俺だけじゃとても解決できそうにねぇ……。

四面楚歌(しめんそか)、孤立無援、形影相弔(けいえいそうちょう)。

そんな状況に陥り、全てを諦めそうになった。全てを投げ出しそうになった。

シンプルなハッピーエンドを受け入れそうになった。

だけどよ……、本当に最後の最後、ギリギリのところで踏ん張ることができたんだ。

誰も味方はいないと思っていた。俺はもう一人だと思っていた。

でもよ、違ったんだ……。俺には、仲間達がいたんだよ！

倒れそうになった俺を支えて、立ち上がらせてくれた仲間達の想(おも)いを無駄にしないためにも、俺はもう一度強く決意をした。

必ず、三色院菫子(さんしょくいんすみれこ)を見つけ出す！

未(いま)だかつてない超特大の難問。

共に立ち向かってくれるのは、唐菖蒲(とうしょうぶ)高校二年、図書委員の葉月保雄(ホース)。

少し前まで、激しくいがみ合っていたが、今となっては最高に気の合う男だ。

おっと、勘違いしないでくれよ？　俺の仲間は、ホースだけじゃないぜ。

さっき言っただろ？　俺には、『仲間達』がいたってさ。

これだけの大難問だ。戦力はかき集められるだけ、かき集める。

会いに行ったんだ。こんな状況でも、俺の力になってくれる最高の仲間の下へ。

それが、この問題を解決するための最善手だと信じて。

俺――ジョーロこと如月雨露の物語も、いよいよ最終章。

最高のハッピーエンドに向けて、共に歩むのは、

「おまたせ。準備は万端かな」

どんなことでもお茶の子さいさいに片付けてくれる最強のジョーカー。

俺のクラスメートであり、バイト先の店長でもあるツバキこと洋木茅春……

「ん。ボクはお店があって手伝えないから、代わりに助けてくれる人に声をかけておいたかな。君の力になってくれる頼りになる人達を……」

ではなく、

「むふ！　むふふふ！　このアトミック・フォーミュラー・アイドルのたんぽぽちゃんがいれば、瞬き（まばた）一つ終わる間に三色院（さんしょくいん）先輩を発見できること間違いなし！　どうですか、如月（きさらぎ）先輩？　嬉（うれ）しすぎて、ときめきとハッスルが溢（あふ）れ出（だ）してしまうでしょう？」

「はぁ〜！　店番、怖かったのぉ〜！　知らない人、やなの！　私はジョーロと一緒に菫子（すみれこ）ちゃんを探すの！　そしたら、鬼いちゃんから逃げられる！　ジョーロに甘やかしてもらえる！　一石二鳥の最善手なのぉ〜！」

「うししし！　仕方がないから、お姉さんが力を貸してあげるっしょ！　ジョーロっち、うちがいれば菫子（すみれこ）っちなんてすぐに見つけ……っしょぉぉぉぉ!!　「むぎょば！」　ご、ごめん、たんぽぽっち！　つい、うっかり足を滑らせて……だ、大丈夫!?」

なぜ、こんなことになってしまったか？

もちろん、事情はこの後にしっかりと説明する。

だが、その前に言わせてくれ……。

俺——ジョーロこと如月雨露（きさらぎあまつゆ）に降りかかった最後の難問。

共に挑むは、アホ（たんぽぽ）、人見知り（ヒイラギ）、ドジ（チェリー）。

チェンジでお願いできませんか？

俺とお前の仲間達

今年を締めくくり、新しい年を迎える特別な一日。

それが、一般的な大晦日の印象だろう。

だが、俺——ジョーロこと如月雨露にとって、大晦日は別の意味で特別な日になっている。

恋人の誕生日。

年に一度だけ訪れる、大切な一日を誇らしげに迎えるか？　はたまた惨めに迎えるか？

それは、これからの俺に全てかかっている……。


——十二月二十九日。

「——これが、僕の知っていることの全部だよ……」

現在地は、西木蔦高校の図書室。

そこで俺は、唐菖蒲高校に通う友人……ホースこと葉月保雄から一つの話を聞かされた。

「んなことが、あったのか……」

「……うん」

罪悪感を滲ませながら、ホースが小さく首を縦に振る。

前もって「覚悟しておけ」と言われていたが、まさかここまでのことだったとは……。

「僕も詳しいことを知ったのは、二学期になってからだったんだけどね……」

ホースが俺に伝えたのは、二人の少女の関係性の核心に迫る話。

三色院菫子と虹彩寺菫。

よく似た名前と境遇の二人の少女に起きた、一つの大きな事件。

交通事故。

ニュースなんかでは、一日一回は聞ける言葉だろう。

だけど、ニュースで聞く時はどこか他人事で、自分には無縁のことだと思っていた。

まさか、こんな身近なところで実際に経験した奴がいるなんて……

「…………」

何も言葉が出てこない。何を伝えればいいのか分からない。

ただただ、自分が凡人であることを思い知らされる。

「とにかく、虹彩寺さんの元気な姿が見れてよかったよ」

沈黙に苦しむ俺への助け舟か。ホースが、俺の隣にいる少女——虹彩寺菫を一瞬だけ見つめ、僅かな喜びと深い悲しみの織り交ざった複雑な表情を浮かべる。

何もできない俺にできることは、その舟にのることだけ。

せめて、何かできることはないかと虹彩寺菫を見つめると、

「ジョーロ君、そんなに悲しそうな顔をしないで。……もう、大丈夫だから」

虹彩寺菫(バンジー)が、両拳を握りしめ笑顔を見せる。

元気になったから安心してほしい、心配しないでほしい。

それを言葉と行動で、同時に俺へと示す。

本来であれば被害者であり、最も苦労したであろう人物であるにもかかわらず、だ。

「その……、後遺症とかはねぇのか？」

「もちろんよ。何も問題はないわ」

「……よかった」

心からその言葉を告げた。

事故の詳細は、こうだ。

今年の三月の春休み、三人の少女が西木蔦(にしきづた)高校の近くの横断歩道を渡っている際に、居眠り運転をしていたタクシーが信号を無視して突っ込んできた。

三人の内、一人の少女は軽傷で済んだが、二人は意識不明の重体。

軽傷で済んだのが、三色院菫子(さんしょくいんすみれこ)。

そして、意識不明の重体に陥ったのが……

「本当に、今年はあっという間だったわ。気がついたら、十月になっているのですもの」

虹彩寺菫(バンジー)だったんだ……。

「あのよ……、どうして三色院菫子だけは軽傷で済んだんだ？」

どこまで踏み込んでいいか分からない。

だが、二人の事情を知るためにも、俺は罪悪感を押し殺し尋ねた。

「偶然、あの子だけは直撃を免れたの」

「そっか……」

虹彩寺菫は、決して嘘をつかない。……だが、全ての真実を話すとは限らない。

分かってるよ……。てめぇが、三色院菫子を助けたんだな。

咄嗟に、自分よりも三色院菫子の身を優先した。

だからこそ、三色院菫子は軽傷で済んだ。

そして、そんな大きすぎる恩があるからこそ……

「ようやく、事情が見えてきたよ」

三色院菫子は、虹彩寺菫のために行動し、姿を消したんだ。

中学時代から、ずっと俺を好きでい続けてくれた虹彩寺菫。

交通事故の場所から考えるに、もしかしたら二人は俺に会うために西木蔦高校へ向かっていたのかもしれない。虹彩寺菫は、俺に気持ちを伝えようとしていたのかもしれない。

だが、その願いは決して叶うことはなくなった。

虹彩寺菫は、交通事故で意識不明の重体になってしまったのだから……。

きっと、三色院菫子はずっと考えていたのだろう。

どうすれば、虹彩寺菫の想いを伝えることができるか、叶えることができるかを。

そして、選んだ手段が……自らが虹彩寺菫を演じ、俺の恋人になること。

ここまで辿り着ければ、あとは簡単だ。

虹彩寺菫が意識を取り戻し、社会復帰ができるタイミングで自分と入れ替えればいい。

これで、無事に虹彩寺菫の想いは叶えられる。

まるで、『双花の恋物語』のように……。

「………」

いや、マジでアイツは、なんっつーとんでもねぇことを実行してんだ？

こんな複雑で回りくどいことを、まさかここまで時間をかけて……

「ところで、私からも一ついいかしら？」

虹彩寺菫がわずかに鋭い眼差しで、正面に座るホースを睨みつけた。

相変わらず、この男は虹彩寺菫からあまりいい印象を抱かれていないらしい。

「葉月君。どうして、貴方は私達の関係に気がつけたのかしら？　私の事故のことは知っていたでしょうけど、あの子との関係性までは気がつけないと思うのだけど？」

「大した理由じゃないよ。今年の十月に君のお見舞いに行ったら、偶然病室から出てくる彼女の姿を見かけたんだ。……ちょっと事情があって、その時は彼女と話せなかったし、近づけもしなかったんだけど、多分向こうも僕に気づいていたと思う」

その辺りのホースは、『パンジーとパンジーの友達に近づかないし、話しかけない』って約束があったからな。声をかけようにも、かけられなかったのだろう。

「それと、うちの生徒会長のおかげ。ちょっと口下手だけど、とても優しい君の友達のね」

「……リリスね……」

そういえば、前に唐菖蒲高校の図書室の手伝いに行った時、リリスは言ってたな。

『入学して、誰とも話せなかった私に声をかけてくれて、最初の友達になってくれた』と。

あれは、虹彩寺菫のことだったんだな……。

「『私が、貴女の代わりにジョーロ君の恋人になる。貴女が目を覚ました時に、貴女が一番そばにいたい人の隣を用意する』。リリスが君のお見舞いに行った時、偶然聞いた言葉。それを教えてもらえたから、僕はこれから何が起きるかが全部分かった」

「本当に、貴方は私達にとって不都合の塊のような人ね」

私達……。まぁ、三色院菫子とホースも色々あったからな。

虹彩寺菫にとっても、三色院菫子にとっても、ホースは一番厄介な存在ってことか。

「耳が痛いな。……ただ、リリスには怒らないであげてほしい。リリスは本当に君のことが心配で、また君と会えるのをすごく楽しみにしてたからさ」

「……当たり前よ。リリスは、私にとっても大切なお友達だもの。イヴの日はお話ができなかったけど、次に会った時は絶対にお話するんですから」

「うん。そうしてもらえると、ありがたいかな」

つか、ホースって随分と前から事情を知ってたんだな。

だったら、さっさと教えてくれれば……

「そう簡単に話せる内容じゃないでしょ」

「……何のことだ？」

「顔に書いてあるクレームに答えたつもりだけど？」

こっちは、散々エスパー能力に苦しめられてるんだから、そういう先回りはやめてくれ。

「まぁ、その……なんだ……。ホース、教えてくれて助かったよ」

「気にしないでいいよ。元々、僕は君の味方につくつもりだったからね」

落ち着いた笑顔。本当に、この男が自分の味方でいてくれてよかったと安堵する。

「どうしてだ？　別に黙っておくこともできたのに……」

「彼女がやろうとしていることが、正しいとは思えなかったから。……まぁ、他にも理由はあるけど……その辺りは、言うと君が調子に乗りそうだから言わない」

言われなくても、分かるよ……。

ホースは、俺に後悔をさせないために、この話を伝えてくれたんだ。

どんな結論に至るにしても、全ての事情を知ってからのほうがいいだろうと考えて、ギリギリまで事情を黙っていて、今このタイミングで……くそ。いい奴だな……。

「んじゃ、俺もてめぇに言いたいことがあるが、言わねぇ」

「うん。それでいいよ」

ありがとう。心の中でだけ、俺はホースにそう伝えた。

「私が眠っている間に、ジョーロ君と葉月君は随分と仲が良くなっていたのね。本当に、予想外のことばかり起きるのだから……」

そんな俺達の様子を見て、どこかうんざりとした態度を見せる虹彩寺菫。

それは、ホースに対してあまりいい感情を抱いていないからだろうか？

「私がジョーロ君に向けてほしい感情は、一つだけ。同情なんて求めていないわ」

なるほどな。だからこそ、虹彩寺菫は今までその事情を俺に伝えなかったのか。

「無事なことを喜ぶくらいはいいだろ？」

「ええ。それは、とても嬉しいわ」

ようやく少しだけ機嫌を直してくれたようで、穏やかな笑みを浮かべる。

その笑顔を見ると、安心する自分がいるのも確かで……

「ジョーロ、僕が伝えられることはこれで全部だよ。……それで、君はこれからどうする？」

「どうする、か……」

ずっと知りたかったことをようやく知れたってのに、達成感なんて微塵もねぇ。

俺の胸の内から湧く感情は、混乱ばかり。いったい、俺はどうしたらいい？

誰も……、誰も悪くねぇんだよ……。

ただ、色々な不幸が重なって歯車が狂っちまったんだ。

そして、俺は初めから狂っているものを正しいと信じて、今まで過ごしてきた。

だからこそ、気づけなかった。それどころか、決めつけていた。

三色院菫子は、何を考えているかよく分からねぇ奴。

その一点張りで。あいつが秘めている気持ちを何一つ考えようとしなかったんだ。

よく思い出してみろよ？　あいつは、今までずっとSOSを出していたじゃねぇか。

俺と過ごす間、時折話していた『中学の友達』の話。

あれは、俺に虹彩寺菫のことを思い出してほしくて、伝えていたんだ。

もしも、あの時に一度でも虹彩寺菫のことを思い出せていたら、こんな状況にはなっていなかったかもしれない。もっと別の未来が待っていたのかもしれない……。

最悪の絶望的な状況。それを招いた諸悪の根源。

誰が悪いかなんて、考えるまでもねぇ。今回の件で一番悪いのは……

「……わりぃ、ホース。やることは決まってんだが、……少し待ってもらえるか？」

「うん」

しばらくの間をおいて、ホースの言葉に返答する。

やることは決まっている。だが、その前にすべきことがある。

「…………」

俺は、ゆっくりと立ち上がった。

静かに淡々と、機械のような動きで図書室の受付を目指す。

受付に辿(たど)り着(つ)いたところで、大きく息を吐く。

静寂に包まれる図書室。当たり前だ。ここには、俺とホースと虹彩寺菫(パンジー)しかいない。

そして、二人は俺からの返答を待っている。

誰も言葉を発さない重たい沈黙の中、俺はポケットから一通の手紙を取り出した。

それは、二学期の終業式に三色院菫子(さんしょくいんすみれこ)が俺に送ったものだ。

『ジョーロ君。私はあそこで貴方(あなた)を待っているわ。もちろん、どこかは分かるわよね？』

あの日、俺はこの手紙はただ西木蔦(にしきづた)のどこかにいる自分を見つけてほしいという意図で、三色院菫子(さんしょくいんすみれこ)が送ったものだと思っていた。

でも、違ったんだな……。

この手紙こそが、三色院菫子(さんしょくいんすみれこ)が俺に残していた、たった一つのメッセージ。

電話も繋(つな)がらない、どこにいるかも分からない。

そんなどうしようもない状況の中で、三色院菫子(さんしょくいんすみれこ)と俺を繋(つな)げる、たった一つの手紙。

俺はそんな唯一無二の手紙を…………縦から真っ二つに破り裂いた。

「ざっけんなぁぁぁぁぁぁぁぁぁぁぁぁ!!」

「まじ、あいつ何なの⁉　探してほしいなら、隠れないでもらえますぅ～⁉

てめぇが大人しく姿を現せば、問題の九割は解決すんだぞ！

話を聞いて、よぉぉぉぉく分かったわ!!　この一件で悪いのは、三色院菫子！

三色院菫子、一択！　あいつが、探してほしいんだか、探してほしくないんだか、よく分かんねぇ中途半端なことをするからぜぇぇぇぇぇぇんぶ悪い！　もう、間違いない！

そして、俺はずぇぇぇぇんぜん悪くない！

昔のことをちょっとたまたま思い出せなかっただけ！

大体な、話が重すぎるんだよ！

終業式といい、クリスマスといい、話が重たすぎて、めっちゃ疲れたわ！

何とか頑張ろうと思ったけど、もう無理！　ほんっと、無理！

大切な絆とか、お互いの想いとか、テーマが壮大だわ！　……なにやってんの⁉

啓発か？　啓発でもすんのか⁉　ご冗談はよしなされ！

もう十分頑張った！　重たいテーマに翻弄される主人公感は存分に出した！

だから、もう出さん！　あとは、こっちの好きにさせてもらうから！　マジで！

ほんと、なんで俺がこんな苦労しなきゃいけないわけ⁉

……ガッデム！　考えれば、考える程腹が立ってきた！

俺、ちゃんとパンジーに告白したじゃん！　ちゃんとオッケーももらったじゃん！

もう、後はチュッチュモミモミしかないと思うじゃん！

なのに、あいつ消えてんじゃん！　俺のおっぱい、消えてんじゃん！

ジャンジャン祭だよ。ほんとに！」

あぁぁぁぁ！　思いのたけを全力で叫んだのに、全然スッキリしねぇ！

むしろ、言語化したことで余計にむかついてきた！

「ジョーロ君、図書室で下品な言葉を言うのは感心しないわね」

「ジョーロ、図書室では節度を持ちなよ。あと、うるさい」

「ぐっ！　べ、別にいいだろ！　今は俺達以外誰もいねぇんだし……」

「そういう問題じゃないわ」「そういう問題じゃないよ」

「……すみません」

君達、仲が悪いんじゃないの？

妙な時だけ、図書委員のシンパシーを発揮しないでもらえない？

「で、どうするかを早く教えてほしいんだけど？」

はいはい。分かってますよ。

ったく、仕方ねぇな。

何やらホースが、侮蔑的な視線を送ってきているし、ここはバシッとホースが協力して正解だったと思える、完璧な答えをしてやろうじゃねぇか！

「三色院菫子を探す！　あいつを絶対に見つけてやるよ！」

「うん、そうだよね。君ならそう言うと――」

「当たり前だ！　あいつを見つけ出して、おっぱいを全力で揉む！　逃げられると思うなよ！　俺のおっぱい！」

「僕、もしかして間違えたかな……」

このたまりにたまった鬱憤をぶつけてやらねば、気が済まん！

三色院菫子、いつまでも隠れてられると思うなよ！

よし！　そうと決まれば……ん？

何やら、俺のそばに来てやけに胸部を主張している女がいるのだが……

「さ、いつでもどうぞ」

「はうっ！」

なに、この子！　積極的でめっちゃ可愛いんだけど!?

ど、どうする!?　揉んじまうか!?　ただでさえ、溜まったフラストレーションだ。

少しくらい発散しても……

「ジョーロ君。貴方の恋人は私よ。だから、貴方の気持ちを全部ぶつけてくれて構わないわ。だって、それが私のずっとしたかったことだもの」

「……ぐっ！　ま、まだそうと決まったわけじゃねぇ！」

耐えろ、俺！　ちゃんと決めただろ！　三色院菫子を見つけるって！

だから、今はそれだけを考えて……

「つまり、そう決まる可能性もあるということね？」

その嬉しそうな顔をやめろぉぉぉぉぉ!!　揺らいじゃう！　揺らいじゃうから!!

「もしかしたら、ジョーロ君はもう私なんて気にしないで、あの子のことだけを考えていると思ったけど、違ったようで安心したわ」

「うるせぇ！　余計なことばっか気づくんじゃねぇよ！」

「ふふふ……。それなら、私は私の目的のために行動させてもらうわね。今までもこれからも、私はジョーロ君の恋人でい続ける。だって、私が本物の『パンジー』だもの」

「はっ！　勝手に言ってろ！　何を言われようが、俺のやることに変わりはねぇ！」

「ええ。お互いに頑張りましょうね」

三色院菫子と虹彩寺菫。俺が本当に好きな女は誰なのか？

それが、まだ誰かは分からねぇ……。……が、んなこたぁ知らん。

とにかく、三色院菫子を見つけ出しておっぱいを揉んでから考える！

「予想外のアクシデントには、慣れているの。私の恋人は、決してあの子を見つけられない。必ず、私のそばにい続けることになるわ。……ふふふ」

そういう不穏な台詞は、言わないでもらっていいですかね？

※

時刻は十四時二十分。

怒りのままに叫び終わり、方針が決定したところで西木蔦高校から移動。

俺とホースと虹彩寺菫はとある場所へ向かい、今後の作戦について話し合うことにした。

テーブル席。俺と虹彩寺菫が隣同士、正面にホース。図書室の時と同じ配置だ。

「まずは、情報を整理すべきだと思うの」

僅かに賑わうその場所で、虹彩寺菫が神妙な声を出した。

「整理ってどういうこと？」

虹彩寺菫に、ホースが問いかける。

「このまま闇雲に探し回っても、あの子は見つけられないでしょう？　だからこそ、お互いが知っていることを伝え合って、少しでも手がかりを集めましょ」

「そういうことか。……うん、僕も賛成だよ」

俺も賛成だ。現状、俺達は三色院菫子がどこにいるかを知らない。

だが、何も手がかりがないわけではないはずなのだ。

もしかしたら、誰かが持っている情報の中に手がかりが隠れている可能性も……

「ちなみに、葉月君は何か知っているのかしら？　どんな些細なことでもいいんだけど……」

「正直に言うと、何も知らないんだ……。彼女に最後に会ったのは、二学期の終盤だけど、あの時も唐菖蒲の図書室を立て直す話ばかりだったからさ……あ、虹彩寺さんのことをすごく気にしていたよ。『一人目の図書委員は、どんな印象だった？』って、色々な生徒に聞いてた。きっと、君が唐菖蒲高校でどんな風に過ごしていたか、興味があったんだろうね」

「そう……」

ホースへ笑顔を向ける虹彩寺菫。

これをきっかけに、少しくらい二人の仲が改善されるといいんだけどな。

とまぁ、それはさておき、だ……。

「ジョーロ君は、何か思い当たることはあるかしら？」

「その前に、一つよろしいか？」

「よろしいわ」

「なぜ、てめぇがこの場を仕切っている？」

いや、おかしいよね!?　なんで三色院菫子を探すのに、虹彩寺菫がノリノリなわけ!?

阻止はしないまでも、もう少しくらい消極的な態度になっても……

「言ったじゃない？　『私は私の目的のために行動させてもらう』って」

「いや、だったらこれは……」

三色院菫子を見つけるのは、虹彩寺菫にとっては不都合な展開だと思うのだが？

「私も、とても複雑で何が正しいか分からないの。私自身もあの子に会いたいという気持ちはある。だけど、ジョーロ君にはあの子に会ってほしくない、あの子よりも私を見てほしい。……でもね、ジョーロ君の邪魔をするのと、ジョーロ君のお手伝いをするの。どちらが、貴方を喜ばせることができるかを考えたら、自然と答えは導き出されたわ」

「うっ！」

「私が最優先で考えるのは、ジョーロ君の気持ち。……だって、そうでしょう？　私はジョーロ君の恋人だもの」

こんちくしょおおおおお‼　可愛いじゃねぇか！

「ジョーロ君、貴方があの子を探したいなら、本当に複雑な気持ちになるけど……お手伝いするわ。……だから、お願い。その間の少しの時間だけでもいいから……私を見て」

なに、この天使？　なんで、俺ってめんどくさい女を探そうとしてるんだっけ⁉

もう、この子でいいじゃん！　この子と、チュッチュモミモミでいこうよ！

「すごいね、虹彩寺さん。ジョーロに効果大だよ」

「私は、ただ気持ちのままに言葉を伝えただけよ。……ふふっ」

やめて！　これ以上、そういうの伝えないで！

ただでさえグラグラなのに、もっとグラつくから！

「ちなみに、ジョーロ君の性欲が抑えられなくなった場合も考慮して、胸部を提供する準備も万端にしてあるのだから」

「しないでいいから！　ほんっと、てめぇは恥じらいとか貞操観念とかねぇのな！」

「もう、そんなに凝視されると照れてしまうわ」

あ、よかった。クネクネしてて、メタクソ鬱陶しい。

ちょっと気持ちが落ち着いてくれた。

「虹彩寺（こうさいじ）さん、それは逆効果みたいだから、やめておいたほうがいいよ」

「そうなのね。教えてくれてありがとう、葉月（はづき）君」

君達、変なところでだけタッグプレーを発揮しないでもらっていい？

「でも、これで私がジョーロ君に協力する理由は、分かってくれたかしら？」

「分かったよ。……その、ありがとな……」

「ふふっ。どういたしまして」

ちょっと礼を言っただけで、んな嬉（うれ）しそうな顔をするなっつーの。

「なら、お話を戻しましょ。まだ、葉月（はづき）君が三角コーナーに溜（た）まった生ゴミ程度にしか役に立たないことしか分かっていないもの」

「……もう、何も言わない」

かつて、ホースがここまでひどい扱いを受けたことがあっただろうか？

少しは仲が良くなったと思ったが、まだまだ虹彩寺菫(パンジー)の毒舌は継続する模様である。

「ジョーロ君は、何か思い当たることはある？　場所じゃなくても、何かそれらしいお話を聞いているとか……」

「ぶっちゃけ、俺も分からねぇんだ。……つか、あいつのことだ。俺とホースには、自分の居場所を知られるようなヒントは残してねぇと思う」

「だよね。ジョーロはもちろんだけど、僕もかなり警戒されてたし……」

「困ったわね……。さすがの私も、三角コーナーに溜(た)まった生ゴミだけでは、この問題はとてもじゃないけど解決できそうにないわ」

もれなく、俺も毒舌に巻き込まれた。

はたして、この女は本当に俺が好きなのか疑わしくなる瞬間である。

「仕方ないわね。手詰まりになってしまったし、全てを諦めて情欲に身を任せる方向で……」

「進まねぇから！　そもそも、まだ何も言ってねぇ奴(やつ)がいるだろうが！」

「あら？　それはいったい誰かしら？」

はい！　すっとぼけ、一つ入りましたぁ！

それでごまかせると思うんじゃねぇぞ！

俺は利用できるもんは全て利用する男だ！

本人が協力するって豪語すんだったら、しっかりと協力してもらおうじゃねぇか！

「こうして、ジョーロ君と問題に挑むのは楽しいわね。……これも私がやってみたかったことだから、とても嬉しいわ」

「喜ぶ前に、てめぇが知ってることを洗いざらい吐け」

「私も、あの子がどこにいるかは知らないわ」

生ゴミ、いっちょう追加ぁ！

結局、誰もどこにいるか知らねぇのな！　……が、しかしだ。

「俺は、知ってることを洗いざらい吐けと言った」

決めつけると余計なことを隠される気もしたので、調査は欠かさない。

相手は虹彩寺菫だ。協力するふりをして、俺を罠にはめる可能性は当然考慮済みである。

「ふふ……っ。ジョーロ君は、本当に私のことをよく分かってくれているのね」

そういう余計なリアクションは、テンポが悪くなるからやめなさい。

「なら、喜ばせてくれたお礼に、一つだけ教えてあげる」

「一つだけだぁ？」

「ええ。一つだけよ……」

「ついさっき、俺の気持ちを最優先で考えて行動すると言っていたと思うのだが？」

「少し言い忘れていたから言葉を足すと、私は『私の目的』を達成するために、貴方の気持ちを最優先で行動するのが一番いいと判断したの」

「つまり？」

「目的が一つ達成できる毎に、知っていることを一つ教えてあげるわ」

そういう協力体制かい！

素直に手伝うとか言うから妙だと思ったら、不安的中だよ！

どうやら、この女から情報を引き出すためには、俺は何らかの条件を満たさなくてはならないらしい。……ただでさえ、『三色院菫子の居場所』ってでかすぎる課題があるってのに、そこに加えて『虹彩寺菫の目的』まで加わるとか、まじ何なの⁉ ややこしすぎるわ！

……が、どれだけ俺が文句を言おうと、虹彩寺菫が全てを話すことはない。

むしろ、機嫌を損ねて何も言われなくなるほうが厄介だ。

「……分かった。なら、その一つを教えてくれ」

「あの子は、お友達が沢山できたことをとても喜んでいたわ」

「……ふむ。それで？」

「それだけよ」

「それだけかよ！」

なんだ、その情報は！　まるで、三色院菫子に辿り着けなさそうな情報じゃねぇか！

「マジで、さっぱり分からねぇ……」

「ふふふ。ジョーロ君は、おバカさんね」

もう、それでいいから、おバカさん用の情報にしてくれませんかね？

「えーっと……、とりあえず話をまとめると、三色院さんがどこにいるかは誰も分からないってことなのかな？」

「……そう、なるな……」

「ええ。その通りね」

だが、何も情報が得られなかったわけではない。一つだけ、有効な情報があった。

それは、虹彩寺菫の今回の件に関するスタンスだ。

こいつは、協力をすると言ってくれているが、それはあくまで『虹彩寺菫の目的』のため。

つまり、完全な協力者ではないのだ。

だからこそ、与えてくれる情報も不明確なものになっている。

もちろん、何の意味もない情報ではないのだろうが、残念ながら今の俺では虹彩寺菫の情報の本当の意味は分からない。

つか、ほんっとうに三色院菫子は面倒なことをしやがるな！

場所のヒントは何もよこさねぇくせに、『探してほしい』ってメッセージだけ残しやがって！

「けど、何も知らないからって何もできねぇわけじゃねぇよ」

「それが、今ここにいる理由かしら？」

「ああ。そういうことだ」

西木蔦の図書室から、俺達はとある場所へ移動した。

目的は二つ。一つが、昼飯を食っていなかったため、腹が減ってきたから。

そしてもう一つが……

「お待たせ、ジョーロ。串カツの盛り合わせ、それにサービスでお味噌汁もつけるかな」

今の俺に協力してくれる可能性のある奴を、仲間に引き入れるためだ。

現在地は、『ヨーキな串カツ屋』。

テーブルに料理を運んできてくれたのは、俺のクラスメートであり、『ヨーキな串カツ屋』の店長でもあるツバキこと洋木茅春だ。

俺もホースも、三色院菫子がどこにいるかの手がかりは一切持っていない。

ついでに言うと、知恵比べであいつに勝てる気もまるでしない。

だからこそ、最も必要なのは三色院菫子に知恵比べで勝てる仲間だ。

そこに、今のみんなとの関係値も加味すると、必然的に俺が頼れる奴は限られてくる。

ツバキだ。ツバキさえ、こっちの仲間に引き込んじまえばこっちのもの。

なんせ、こいつは三色院菫子から『とても手ごわい相手』とまで言われ、何やら別の意味でライバル視をされていた猛者だからな。

事情を伝えれば、俺達が気づいていない数多くのヒントに気がつき、あっという間に三色院菫子まで辿り着かせてくれるだろう！　多分！

「おう！　ありがとな！」

というわけで、爽やかすぎる笑顔で感謝を伝える。

これから、協力を頼んで一緒に問題を解決する仲間だもんな！

印象が良いに越したことは――

「ジョーロ。ボクに何か余計なことを言おうとしてないかな？」

してないよ？　俺は何もしないけど三色院菫子見つけてって言うだけだもん。

余計なことなんて、何一つありはしない。

「おいおい、ツバキ。そんな警戒した顔をしないでくれよ。ただ、ちょ～っと頼み事があるだけだって！」

「はぁ……。やっぱり……。ろくでもない顔をしてると思ったら、予想的中かな」

ひどい言われようである。しかし、ここまでは想定の範囲内だ。

三色院菫子を見つけるための最初のミッションは、ツバキの説得。

これさえ、成功すれば……

「つしょぉぉぉぉぉぉ!!　いつつ……。転んじゃったっしょぉ～……って、あぁ！　ごめん、たんぽぽっち！　大丈夫⁉」

「むぼぼぼぼぼ！　……ぷはぁ～！　あ、危うく窒息死するところでした！　なぜ、お皿洗いをしていたら、顔面が洗面所に沈没していたのですか⁉　……し、死ぬかと思いました……」

「もう店番をするのは嫌なの！　知らない人、怖いの！　金本さん、鬼いちゃんが来たらやっつけてほしいの！　私を守るのは、金本さんを於いて他にいないの！」

「……こ、この三人を同時はきついっ！　如月君、ヘルプで入ってくれないかなぁ……」

何やら厨房のほうから、不穏な声が聞こえてきたが、まぁいいとしよう。

「できれば、手短に済ませてほしいかな。ちょっとボクのほうも、問題を抱えてるから」

どうやら、本日の『ヨーキな串カツ屋』は、中々の混沌が生み出されているようだ。

アホとドジはいつものことだが、まさかそこに更にもう一つ爆弾が投入されているとは。

頑張れ、店長。

「まぁ……、その……、なんだ。三色院菫子を探したいから、ツバキにも協力してほしいんだ。俺達だけだと、ちょっと難しそうだからさ」

断られる可能性が高いことは分かってる。

だけど、あくまで高いだけなんだ。もしかしたら、ツバキなら……

「ふふふ。そう言うと思ってたかな」

おおっ！　ツバキが、何やら穏やかな笑顔を見せてくれてるじゃないか！

これって、つまり……

「いいよ。ジョーロに協力するかな」

マジですか⁉　え！　こんなあっさりと了承を得られちゃっていいの⁉

いいんです！　ご都合主義は多いに越したことはありません！

「助かるよ！　本当に、ありがとな！」

「気にしないでいいかな。ボクも問題を解決したいと思ってたから、お互い様かな」

これぞ、天使！　いやぁ～、やっぱり困った時はツバキさんに限りますな！

「なら、俺達と一緒に……」

「慌てすぎかな。協力はするけど、ちょっと準備が必要だから待ってほしいかな」

「お、おう！　分かった！」

勢いのままに頷（うなず）いてしまったが、準備が必要とはいったい……

「安心して。問題を解決する方法はバッチリ思いついてるから、ボクに任せてほしいかな」

「本当か⁉」

「もちろんかな」

なんと頼りになることでしょう！

もうすでに、三色院菫子（さんしょくいんすみれこ）の居場所を特定する方法が思いついているとは！

「それで、どうやって……」

「さっきも言ったでしょ？　まだ準備が終わってないから、教えられないかな。それに、お仕事も途中だしね。ジョーロ達がご飯を食べ終わるまでに整えておくから、少し待ってて」

「分かった！　ありがとな、ツバキ！」

「このくらいお茶の子さいさいかな」

チラリと時計を確認して、厨房のほうへと向かっていくツバキ。

その足取りは、どこか軽やかで肩の荷が下りたかのような印象だった。

「くぅぅぅ!!　美味い!!」

ようやく光明が見えた達成感からか、串カツを一本食べると、やけに美味く感じた。

ツバキが俺達の仲間になってくれる！　こんな最高の展開が起きるなんてな！

「……なぁ、パンジー。一つ聞いてもいいか？」

「何かしら？」

浮ついた気持ちを鎮めつつ、俺は虹彩寺菫へと問いかける。

『三色院菫子の居場所』という問題については、光明が見えてきた。

けど、アイツを見つけたらそれで終わりって程、簡単な話じゃねぇんだ。

「てめぇは、今の状況についてどう思ってるんだ？」

「余計なことをされたと思っているわ」

だよな……。

虹彩寺菫は、三色院菫子にこんなことをさせるために、交通事故から助けたわけじゃねぇ。

ただ、大切な友達を守っただけ。

その優しさがあるからこそ、この問題はより難しくなってくるんだ。

「結局、あの子はいつまで経っても臆病者だったのよ。他人には嘘をつかないのに、自分には嘘をついて逃げ出した。あの事故の日、『お互いに負けない』と話していたのに……。どうして、あの子がいなくなっているのよ……」

悪態の中に秘められた気持ちが自然と伝わってくる、苛立ちを滲ませた声。

二人の関係と同時に、徐々に見えてくる虹彩寺菫の本当の気持ち。

もしかしたら、こいつは……

「そっか。教えてくれてありがとな」

「お礼を言われるようなことではないわ」

歪になってしまった三色院菫子と虹彩寺菫の関係。

そいつを元に戻すためにも、三色院菫子を絶対に見つけないとな。

──なんて、決意をしてみたが…………ま、大丈夫か！

だって、俺には……

「お待たせ。準備は万端かな」

スーパーアドバイザーがついていますから！

待っていましたぜ、ツバキさん！

俺達の飯が終わるタイミングで来るなんて、相変わらず冴えてますな！

さぁ〜て、ほんじゃま、サクッと問題を解決してくれる剛腕に——

「むふ！　むふふ！　話は聞かせてもらいましたよ！　まったく、このたんぽぽちゃんの力が必要なんて……如月先輩は困った人ですねぇ〜！　むふふふ！」

「あーっ！　ジョーロとホースがいるの！　とってもとっても嬉しいのぉ〜！　二人に甘やかしてもらえるなら、何にも心配はいらないのぉ〜！」

「やほ！　ジョーロっち、ホースっち、すみ……っと、パンジーっちか！　君達は運がいいっしょ！　うちがたまたま早上がりになったから、特別に手伝ってもらえるんだもんね！」

はて？　おかしいな？

俺は、三色院菫子の捜索のために、ツバキへ協力を要請した。

そして、「問題を解決する方法はバッチリ思いついてる」と言質をもらっていた。

だというのに、なぜ三匹のモンスターがウキウキ顔でやってきているのだ？

「あの〜、ツバキさん？」

「ん。ボクはお店があって手伝えないから、代わりに助けてくれる人に声をかけておいたかな。君の力になってくれる頼りになる人達を……」

ツバキが言う頼りになる人達。

その人数は、全部で三人。

「むふ！　むふふふ！　このアトミック・フォーミュラー・アイドルのたんぽぽちゃんがいれば、瞬き一つ終わる間に三色院先輩を発見できること間違いなし！　どうですか、如月先輩？　嬉しすぎて、ときめきとハッスルが溢れ出してしまうでしょう？」

一人目の女は、西木蔦高校に奉られるアホ神様、たんぽぽこと蒲田公英。

略して、アフォアイドルになるあたり、自分のことをとてもよく分かっている。

「はぁ～！　店番、怖かったのぉ～！　知らない人、やなの！　私はジョーロと一緒に菫子ちゃんを探すの！　そしたら、鬼いちゃんから逃げられる！　ジョーロに甘やかしてもらえる！　一石二鳥の最善手なのぉ～！」

二人目の女は、西木蔦高校で面倒しか起こさない人見知り、ヒイラギこと元木智冬。

これから三色院菫子を探そうというのに、保身しか考えていないのだから、もはやどうしようもないことこの上ない。

「うしし！　仕方がないから、お姉さんが力を貸してあげるっしょ！　ジョーロっち、うちがいれば菫子っちなんてすぐに見つけ……っしょぉおおおお!!　「むぎょば！」　ご、ごめん、たんぽぽっち！　つい、うっかり足を滑らせて……だ、大丈夫!?」

三人目の女は、唐菖蒲高校と『ヨーキな串カツ屋』に災厄をまき散らすドジ神様、チェリーこと桜原桃。張り切りついでに足を滑らせて、たんぽぽにドロップキックをかますあたり、本日も絶好調の模様である。

チラリと厨房のほうを覗くと、満面の笑みの金本さんが俺に向けてサムズアップ。

何があったかは知らないが、バイト着が普段の五倍は汚れている。

「……頼んだよ、如月君！」

いや……いやいやいや！　おかしいよね⁉　絶対に、おかしいよね⁉

こいつら、三色院菫子の居場所を絶対知らないよね⁉

……待て！　一見するとそうとしか思えないが、聡明なるツバキの推薦だ！

きっと、俺には計り知れない素晴らしい解決策を──

「ふぅ……。これで、うちの店の問題はバッチリ解決かな」

問題って、そっちの問題かよぉぉぉぉぉぉぉぉ‼

俺の問題と関係ねぇどころか、問題事を押し付けられてるじゃねぇか！

なんで、一番頼りになる奴を仲間にしようとしたら、一番頼りにならねぇ三銃士がセットでやってきてるんだ⁉　は？　俺、今からこいつらと三色院菫子を探さなきゃいけないの⁉

ツバキの協力は……

「ジョーロ、ボクにできるのはここまでだよ。後は任せたかな。必ず、あの子を見つけてあげて……。この三人がいれば、大丈夫だから。…………多分」

ねぇ、最後にボソッと『多分』って言ったよね？

それっぽいことだけ言って、逃げないでもらえない？

「ちょっと待て、ツバキ！　俺は――」

「ジョーロ！　私、いっぱいいっぱいいっぱい店番頑張ったの！　だから、その分甘やかすべきなの！　はよ！　はよ！」

「行くわけねぇだろが！　てか、はなせヒイラギ！　俺は、ツバキに話があんだよ！」

「こないだぶりです、虹彩寺(こうさいじ)先輩！　どうですか？　今日も私は可愛(かわい)いでしょう？」

「ええ。こないだと全く変わっていなくて、とても安心したわ。よろしくね、たんぽぽ」

「うしし！　まさか、卒業前にこんな面白そうなことを手伝えるなんて、嬉(うれ)しいっしょ！　ホースっち、また一緒に頑張ろうね！」

「……ジョーロ。これ、もうダメかもしれないね……」

俺にとって、最大級の難問になる『三色院菫子(さんしょくいんすみれこ)の発見』。

共に挑むは、俺の上位互換であるホースこと葉月保雄(はづきやすお)、中学時代の同級生であり、三色院(さんしょくいん)菫子(すみれこ)の親友でもある『菫(パンジー)』こと虹彩寺菫(こうさいじすみれ)。

そして、たんぽぽ(アホ)、ヒイラギ(人見知り)、チェリー(ドジ)。

……どうしろと？

【私の始まり】

――高校二年生　四月　日曜日。

「新学期になって、クラス替えがあったの」

私――三色院菫子は、高校二年生になった。

クラス替え。年に一度だけ行われる、とても重要な行事。

中学生の頃は何とも思っていなかったけど、高校生になってからは別。

発表されるまで毎日、強くお願いをしていたのだけど、

「……ジョーロ君と、同じクラスになれなかったわ」

やはり、私の願いは叶わなかった。

ジョーロ君のクラスには、彼の親友の大賀太陽君と幼馴染の日向葵さんがいる。

だけど、私はジョーロ君達と別のクラス。まるで、神様が私に「ジョーロ君へ近づくな」と言っているような気がして、少しだけ悲しかった。

「貴女はいいわよね。三年間、ずっと同じクラスだったのでしょう？」

病室のベッドで眠るビオラへ小さな悪態をつく。返答はない。

聞こえてくるのは、無機質な機械の音、病室の外から聞こえる看護師さんや入院している患

者さんの声……そして、僅かなビオラの呼吸音。

普段なら気にも留めない呼吸音が、今だけは私に安らぎを与えてくれる。

呼吸をしているということは、ビオラが生きていることの証明に繋がるから……。

生きてさえいれば、希望はある。ビオラは、必ず目を覚ます。

だって、そうでしょう？　彼女は、まだ願いを叶えられていないもの。

それなのに、ずっと眠ったままなんて有り得ないわ。

彼女の執念深さは、私が一番よく知っているもの。

「少し前まであんなによく喋っていたのに、今は何も話さないのね。もしかして、事故の衝撃で語彙力を失ってしまったのかしら？　哀れな人ね」

「…………」

ビオラを真似た毒を伝えても、返事はない。

眠る彼女の手に自分の手を添えても、反応はない。

「……今年も図書委員になったわ」

気持ちを切り替えて、再び私は自分の高校生活をビオラへと伝える。

普段は自己主張をすることのない私だけど、委員会決めの時だけは別。

すぐさま手を挙げて、図書委員に立候補した。たった一つだけ、私が叶えられた願いだ。

一年生の時からそうだけど、西木蔦で図書委員は人気がない。

他のクラスで図書委員になった人達と顔合わせもしたけど、「適当に決めて、早く終わらせよう」と顔に書いてある人ばかり。

そんな中で、「私が毎日図書室を管理する」と伝えると、一部からは変人を見るような目を向けられた。ただ、本が好きなだけなのに失礼してしまうわ。

「それでね、この間ジョーロ君が図書室に来てくれたのよ。生徒会で必要な資料を探しにきたんですって。相変わらず、私に気づいてくれないし優しくもしてくれないから、ついいじわるをしてしまったわ」

私の日常の些細な幸せは、彼とお話ができる時だけ。

そう思っていたのだけど……

「ねぇ……。一つ相談があるのだけど、聞いてもらえるかしら？」

神様が、少しだけ私にチャンスを与えてくれた。

「実はね、少し面白いことが起きたの」

代り映えのしない日常に起きた、大きな変化。

それは、ジョーロ君が二人の女の子から恋愛相談をされたこと。

彼の大切な幼馴染……日向葵さん、憧れの生徒会長……秋野桜さん。そんな二人が、なんと大賀君を好きだという。そして、そのサポートをジョーロ君はお願いされ、引き受けた。

「こっそりと様子を見ていたのだけどね、とても面白かったわ。彼、自分が告白されると思って、待ち構えているんですもの。でも、彼女達が好きだったのは親友の大賀君。……あんなに、もだえ苦しむジョーロ君を見たのは初めてだったわ」

今なら、私は間違いなくジョーロ君と距離を詰めることができる。

偽物の彼じゃなくて、本当の彼とお話をする日々を手に入れることができる。

もしかしたら、そのまま恋人にだって……

「分かっているわ。まずは、大賀君との関係よね」

自分の胸の内から湧く欲望を、理性で抑え込む。

パンジーが、最初にしなくてはいけないことは、ジョーロ君の恋人になることではない。

ジョーロ君と大賀君の歪んだ絆を元に戻すこと。

そのための最善手は……

「もしも、大賀君に恋人ができたら……」

二人の絆が歪んでしまった原因は、恋愛によるもつれ。

自分の想い人が、ジョーロ君に気持ちを抱いてしまったという劣等感が大賀君の心を歪めてしまった。……でも、大賀君が新しい恋をして、その想いを成就させることができれば？

劣等感を全てなくすことはできないまでも、薄めることはできるはずだ。

そして、それをきっかけに二人の歪んだ絆も元に戻っていくかもしれない。

「……もしも、あの子がいれば……」

ふと、頭をよぎったのはとある少女の顔。

私とビオラの運命を大きく変えたあの日。もう一人、運命が変わってしまった少女がいた。

大賀君に会うために、西木蔦高校へと向かおうとしていた少女。

彼女がいれば、今の状況は大きく変わっていたかもしれない。

だけど、彼女は……

「私の都合で、振り回せないわ」

自分の中に生まれた甘えを消し去り、強くビオラの手を握りしめる。

今の状況で、私がすべきことは……

「日向さんと秋野先輩のお手伝いをするジョーロ君のお手伝いをする。これが一番よね」

ジョーロ君が、日向さんと秋野先輩をサポートするのなら、そんなジョーロ君を私はサポートしよう。そして、できることならば大賀君に恋人を……

「……少し気になることはあるけれど……」

私の作戦が上手くいって、ジョーロ君のお手伝いができることになったとしても、私には懸念事項があった。それは、大賀君が知っている私の秘密……そして、彼の気持ちだ。

去年の地区大会の決勝戦の後、私は彼に自分の本当の姿を知られてしまった。

ジョーロ君に恋をして舞い上がる気持ちと、ビオラへの罪悪感に翻弄されていた帰り道、偶然にも大賀君に出会って聞かれてしまったのだ。……私の名前を。

それは、私の失敗。普段なら、決して教えなかったことを、私は伝えてしまった。

以来、大賀(おおが)君は廊下ですれ違った際などに、必ず私に声をかけてくれるようになった。

考えすぎという可能性は十分にあり得る……でも、私は知っている。

大賀(おおが)君の気持ちに気がつかないで、大失敗をしたお間抜けなお友達を。

だから、その場合のことも考えて行動しないといけないわ。

絶対に失敗をするわけにはいかない。必ず大賀(おおが)君とジョーロ君を……

「それしか……しちゃダメかしら？」

欲望が顔を出した。

私は、ジョーロ君に知ってほしい。

ずっと、ずっと……とても長い間、貴方(あなた)を大好きなパンジーの気持ちを……。

大賀(おおが)君とジョーロ君の絆(きずな)を元に戻すことが、最優先なのは分かっている。

だけど、それでも……

「……っ！　ビオラ？」

その時。ほんの少し、ほんの少しだけだけど、ビオラの手が動いた。

弱々しくてまるで力は入っていないのだけど、私が添えていた手を握りしめてくれたのだ。

「ねぇ、ビオラ。貴女(あなた)、本当は起きているの？」

「…………」

返事はない。手も、もう動いていない。だけど、私には聞こえた気がした。

『貴女(あなた)は臆病者だから、私の勇気を分けてあげる』

思い出される中学生の時の思い出。パンジーが、ビオラへ伝えた言葉。

──私だったら、好きになった瞬間、すぐに気持ちを伝えるわ。

「……私なりに、やってみるわ」

どれだけ拒絶されたとしても決して諦めない。

だって、パンジーだけじゃなくて、私もいたいのだもの。

……ジョーロ君のそばに。

＊

──高校二年生　四月　月曜日。

授業終了のチャイムが鳴ると同時に、私は立ち上がった。

「先生、図書委員の業務があるので失礼します」

授業終了を告げず、関係のない雑談をしていた先生が、「ああ、分かった……」と少し困惑した声を出す。クラスメート達からも、先生の声と似たような視線が注がれるけど、私は淡々と教室をあとにした。

「ふぅ……。とても緊張したわ」

ドアを閉めた後、静かに自分の胸へ手を添えて、息を吐く。

「さ、急がないと」

緊張の余韻に浸るのは一瞬。

高揚する気持ちのままに、私は歩き出した。

「来てくれるわ。……必ず」

今日一日、私はジョーロ君の様子をうかがっていた。

朝からジョーロ君は、ずっと日向さんと秋野先輩のお手伝いをしていた。

それが、辛くなってきたのでしょうね。

段々、本性が隠しきれなくなって、表情を歪めていくジョーロ君はとても面白かったわ。

絶対に、昼休みだけは二人の手伝いをせずに、どこか静かな場所で過ごそうと考えているのが見て取れたもの。そして、この西木蔦高校でお昼休みにほとんど人が訪れず、静かに過ごせる場所は図書室しかない。

つまり、今日のお昼休み、ジョーロ君は必ず図書室に来る。

生徒会のお仕事のためじゃなくて、ただ、静かにお昼休みを過ごすために。

そしたら、勇気を出してお願いするの。

「お昼休みは、図書室で私とお話をしてほしい」って……。

※

私が図書室で本を整理していると、ドアが開く音が聞こえた。その音に誘われるように、ドアのほうを確認すると、そこには私の待ち望んでいた人の姿があった。

「あら、珍しいわね」

来た。本当に来たわ……。

大丈夫かしら？

いつも通りに話したつもりなのだけど、少しうわずった声が出た気もするわ。

「お昼休みにどうしたの？」

大丈夫みたい。憔悴（しょうすい）しきっていて、私の変化に気づいては……それはそれで腹が立つわね。

しかも、勇気を出して声をかけたのに、私を無視して読書スペースに向かっていったわ。

「本当にどうしたのジョーロ君？　いつもの貴方（あなた）は、傷んだミカンの皮みたいな顔なのに、今日の貴方（あなた）は、腐ったミカンの皮みたいな顔になっているわ」

そんなジョーロ君についていき、声をかける。

つい毒を吐いてしまったけど、いじわるをするジョーロ君が悪いのよ。

「ごめん。しばらくほっといてくれないかな？」

いつもなら、少しくらい不機嫌な顔をするのに、今日の反応は大分淡泊。

これは、本格的に弱っている証拠ね。

「あら、それは貴方をいないものとして扱えってことかしら？」

「それでもいいよ」

「わかったわ」

仕方ないわね。ジョーロ君は大分疲れているみたいだし、少しだけ休ませてあげましょ。

その間に、私は……

「って、重い！　何してくれちゃってるの！」

持ってきた本をジョーロ君の上に載せて整理しないと。

「机で本を整理していたの。沢山あるから大変なのよね。これは独り言よ」

「もう……。あんまり変なことはしないでよね……って重い！　重いから！」

十分休んだでしょう？　勝手にお昼寝をしようとしないでほしいわ。

去年の夏休みに言ったじゃない？　優しくしてくれなかったら、いじわるをするって。

「不思議ね。ここには誰もいないはずなのに、声だけは聞こえるわ。幻聴かしら？」

「あの……。すみません。いるものとして考えつつほっといてもらえないでしょうか？」

「嫌よ」

「どうしてそんなにほっといてくれないのでしょう？」

「貴方がいないものとして扱っていいと言ったのでしょう？　おバカさんね」

私は、真実を真実で隠した。

ほうっておけるわけがないじゃない。だって、私は貴方が大好きなのだもの。

こうして、一緒にいられるだけで……

「あのぉ～三色院さん」

「菫子でいいわ」

……違う、違うわ。私は、パンジーよ。

自分の気持ちを出しすぎては、ダメ。

「いや、三色院さん」

「……いじわるね」

ジョーロ君が私の名字を呼んだことに、安堵と苛立ちを感じる。

だけど、優先された気持ちは苛立ち。自分が抑えられなくなっていることを自覚した。

「あのさ、僕ね。今、すごく疲れてるんだ。だから一人でゆっくりさせてほしいんだけど……」

「朝は幼馴染、放課後は生徒会長の恋のお手伝いをしているものね。確かに疲れると思うわ」

「……え？」

ジョーロ君の恋人になるのは、パンジー。私じゃないわ。

だから、これ以上余計なことをしてはダメ。私は当初の目的を遂行することに決めた。

「分かったわ。私には大賀君に貴方の秘密を伝えるくらいしかできないけど、頑張ってみるわ」

気持ちを整理するため、熱を発する自分の顔を隠すため、ジョーロ君へ背を向ける。

ふぅ……。少しだけ、落ち着い――

「ちょっと待ったぁぁ!!」

きゃっ！　ジョーロ君が突然私の肩を摑んできたわ！

ど、どうしましょう!?　お、落ち着くのよ……！　いつも通りの私を意識しなさい！

「何で、知っているのかな？」

「何を？」

胸の内から湧く自分自身の感情を必死に抑え込みながら、私は振り向いた。

「だから、その……さっき言ってた……」

「はっきりしない人は嫌いよ」

何とか気持ちを落ち着けることには成功したのだけど、代償として冷たい声が出てしまった。

また嫌われたかもしれないわ……。

「別に君に嫌われても、全く問題ないんだけど」

「ひどいわ。もうお嫁に行けない」

「そこまで!?」

「それで何かしら？」

「いや、どうして君が、ひまわりとコスモス会長の件を知ってるのかなぁって……」

「ああ。それね。確か土曜日に秋野先輩に、日曜日に日向さんに相談されていたわよね？」

「そこまで詳細を⁉」

「簡単な話よ」

「う、うん……」

ようやく、ここまで来ることができた……。やっと始めることができる。

緊張のあまり、ついスカートの裾を強く握りしめてしまう。

すぐにでも、『貴方が好き』と伝えたい。でも、まだダメ。

今言ってしまったら、それはパンジーの言葉ではなく、私の言葉になってしまう。

だから、私は……


「私、貴方を、ストーキングしているもの」

パンジーに相応しい言葉を選んで、ジョーロ君へと伝えた。

──毎日、ジョーロ君と図書室で過ごすの！　それが私の最優先目標よ！

さぁ、ジョーロ君、始めましょ？

貴女(あなた)とパンジーのちょっとおかしなラブコメディを。

――高校二年生　十二月二十九日。

『あとは、すみみんと王子様次第だね。にひ』

久方ぶりの再会を果たした友人は去っていき、私は再び一人になった。

いたずらめいた笑顔と共に去っていった、私の大切なお友達。

彼女の姿を見ていると、自然と胸が温かくなる。

「まさか、彼女がサンちゃんの恋人になるなんて、ね」

一学期の当初、私は彼に協力して、ひまわりかコスモス先輩をサンちゃんの恋人にしようとしていた。だけど、紆余曲折があった結果、その作戦は失敗する。

それどころか、彼とサンちゃんの仲はさらに悪化をしてしまった。

でも、その状況こそが逆にチャンスへと繋がった。

彼とサンちゃんの仲が歪んでしまった根本の原因は、お互いが本当の気持ちを隠していたこと。そんな二人が、お互いの気持ちをぶつけ合う場所を作れたことで、二人の絆は元に……いえ、以前よりもさらに良いものへと変化した。

本当に、彼はすごい人。

私が思い描いていた未来よりも、うんとうんと素敵な未来を作ってくれたのだもの。

私は、パンジーの幸せさえ手に入れられれば、それでよかった。

だけど、彼はパンジーだけじゃなく、私の幸せまで作ってくれた。

本当に優しい人。本当に素敵な人。

でも、だからこそ……私は、どうしていいか分からなくなってしまったの。

『見つかっちゃったら、素直にならないとね』

お友達が残した言葉。

もしも、彼が私を見つけてくれた時、私はちゃんと素直になれるだろうか？

それとも…………スマートフォンが振動した。

「…………」

また、彼からの電話だろうかと確認すると、そこに表示されていたのは別の人の名前。

電話ではなく、メッセージが届いていた。

『僕は、大事な友達に協力するから』

ホース君だ。どうやら、彼はホース君にまで辿り着いたらしい。

なら、知ってしまったのだろう。私とパンジーの間に、何があったかを……。

「…………」

それが好都合なのか、不都合なのか、自分でも分からない。

混乱する思考のまま、茫然とスマートフォンを眺めていると、再び振動。

今度は、メッセージではなく、電話だ。

かけてきたのは、私の大切な後輩……たんぽぽ。私は出なかった。

次に電話をかけてきたのは、私の大切なお友達……ヒイラギ。私は出なかった。

最後に電話をかけてきたのは、中学時代の先輩……チェリー先輩。私は出なかった。

「……そういうことなのね」

どうやら、たんぽぽ、ヒイラギ、チェリー先輩は彼の味方についたみたいね。

でも、どうしてかしら？

ホース君が彼に協力するのは分かる。

以前から私の事情を知っていたし、こうなった時には彼に協力するつもりだったのだろう。

だけど、たんぽぽやヒイラギ、チェリー先輩が自主的に彼に協力するとは……

「…………」

そこで、再び一通のメッセージ。送ってきたのは、ツバキだ。

『ちょっとだけ手伝ったかな。ボクは、君達が会うべきだと思うから』

そういうことね。

たんぽぽ達を彼の下へと導いたのは、ツバキだ。恐らくお店のこともあって自分は協力できないから、その代わりにたんぽぽ達に彼への協力を依頼したのだろう。

……大丈夫。私がどこにいるかを知っている人は、誰もいない。

だけど……、

「やっぱり、ツバキは手ごわいわ」

一人だけ、困った子が混ざってしまっている。

たんぽぽ、ヒイラギ、チェリー先輩。

三人の中の一人だけは、私のいる場所へと繋(つな)がり得(う)ることを知っているのだ。

彼女が、どんな選択をするかは分からない。

だけど、もしもあのことを彼へと伝えられたら？

「…………」

徐々に、私へと近づいてくる彼。

いったい、私はどうすればいいのだろう？

第二章

俺とお前の知恵比べ

これから、俺は三色院菫子の所在地を突き止め、その場所へと辿り着かなくてはならない。

当初のプランでは、お胸は子供、頭脳は大人な名探偵ツバキの力に頼り切って、串カツなだけにサクッと場所を発見するはずだった。

だが、俺に憑りつく不都合主義の霊が、そんな甘い展開を許さなかったようで、ツバキの力を借りることに失敗。それどころか……

「びゅえええん‼　三色院先輩が、電話に出てくれません！　私、嫌われましたぁぁぁ‼」

「うぇぇぇぇぇ‼　菫子ちゃんが電話に出てくれないの～！　私、嫌われたのぉぉぉぉ‼」

「出ないなぁ～……。でも、ここでくじけたらダメっしょ！　もう一度、かけ……あっ！　手が滑って……」「むぎょっ！」……ご、ごめん、たんぽぽっち！　まさか、脳天にスマートフォンが直撃するとは……大丈夫？」

とんでもないモンスターが三匹、俺の下へと派遣されてしまうときたもんだ。

時刻は十五時三十分。

『ヨーキな串カツ屋』の外で泣きわめくたんぽぽとヒイラギ、スマホを凶器と化すチェリー。

もはや、何一つ上手くいきそうにない予感しか漂ってなくて困る。

「ひっく！　ひっく！　いつもなら、私がいかに愛くるしいかを伝える電話に、最低でも三時間は付き合ってくれる三色院先輩が出てくれないなんて……事態はかなり深刻です……」

「信じられないの……。何だか目が冴えちゃって、深夜三時に電話をしても出てくれた菫子ちゃんが出てくれないなんて……事態はとても深刻なの……」

「そうだね……。うちが十連続で間違い電話をしても、根気よく電話に出て、『間違えてますよ』って言ってくれた菫子っちが出てくれないなんて……事態は相当深刻っしょ……」

むしろ、こいつらがやっていたことのほうが、深刻なのではないだろうか？

電話に出てもらえない理由、別にあんじゃね？

「それで、ジョーロ君。これから、どうしましょうか？」

ため息をついていると、虹彩寺菫がちょいちょいと俺の服を引っ張ってきた。

「少し待て。今、考えている」

どれだけ願おうと、俺があっさりと三色院菫子の下へと辿り着けることはない。

だからこそ、現状の戦力でどう解決するかを考えなくてはならないのだ。

そのために、まずは現状の戦力を確認しておこう。

一人目、虹彩寺菫。

ぶっちゃけ、こいつが一番三色院菫子に繋がり得る情報を持っているだろう。

当たり前だ。そもそも、三色院菫子はこれまで虹彩寺菫を演じていて、虹彩寺菫が自由に動けるようになったタイミングで、入れ替わるように姿を消した。

そんな関係性でありながら、三色院菫子（さんしょくいんすみれこ）の居場所についての情報を何も知らないということは有り得ない。確実に、何らかの重要な情報をこいつは持っている。

し・か・し・だ。

「パンジー、てめぇはどうするべきだと思う？」

「そうね……。イッチャンイッチャンラブリンリンなデートをして、最終的にジョーロ君が私を好きで好きで仕方なくなるのが理想だと思っているわ」

これである。

先程の『ヨーキな串カツ屋』でもそうだったが、虹彩寺菫（パンジー）は100％の協力態勢をとっているのではなく、あくまでも一緒にいて少し手伝うだけの、グレー状態での協力態勢。

こいつはこいつで独自の目的を持ち、その目的が一つ達成できる毎（ごと）に、一つの情報を俺にもたらしてくれるという姿勢なのだ。

ここで厄介なのが、『虹彩寺菫（こうさいじすみれ）の目的』が何か分からないこと。

シンプルに恋人らしいことかとも思ったが、にしては虹彩寺菫（パンジー）の行動には矛盾が目立つ。

ようするに、他にも何らかの意図があるってことだ。

そして、情けないことに俺はそれが何かさっぱり分からない。

結果として、確実に情報が引き出せるわけではなくなる。

つまり、最も重要な情報を持っているにもかかわらず、戦力としては微妙な存在なのだ。

よって、保留。

「ん？　どうしたの、ジョーロ？　そんな真剣な顔をして……」

二人目、葉月保雄（ホース）。

俺が最も信用できる相手は、この男で間違いない。

が、非常に残念なのは、俺が信用している相手であればあるほど、三色院菫子（さんしょくいんすみれこ）に警戒をされてしまうということ。ようするに、現時点でホースは俺に１００％の力で協力をしてくれていて、本人が知り得る情報は全て伝えてくれている。

ここで俺が、「もっと情報を教えろ」と言っても、何も出てこないというわけだ。

ホースは、俺のやろうとしていることに協力をしてくれる男という認識でいるべきだろう。

よって、保留。

「ジョーロっち、クリスマス・イヴは菫子（すみれこ）っちにお願いされてたから何も言えなかったけど、今日はバッチリきょうりょ……っしょぉぉぉぉ!!「はうっ！」……いつつ。ついうっかり足を滑らせて……わっ！　ご、ごめん、ホースっち！　大丈夫!?」

三人目、桜原桃（チェリー）。

ドジである。紛（まご）うことなき、ドジである。

ついうっかりで、とんでもない被害を出すモンスターである。

今も華麗に足を滑らせて、ホースの顔面に自らの臀部をナイスオン。

どうして、そうなった？

が、それで役立たずと決めるのは、早計。

確かにチェリーは、もう有り得ないぐらいドジで、ついうっかりでとんでもない災厄を生み出すモンスターではある。しかし、決して考えなしで行動するような奴ではないのだ。

修学旅行前にも、俺達の約束に問題があることをさり気なくアドバイスしてくれたりと、頼れる一面も持ち合わせている。

だからこそ、今回も何らかの力になってくれる可能性は十分にある。

よって、期待。

「ジョーロ！　私、北海道に行きたいの！　北海道まで行けば鬼いちゃんから逃げられるし、きっと菫子ちゃんもいるはずなの！　美味しい美味しいお魚が待ってるのぉ～！」

四人目、元木智冬。

人見知りである。果てしなき、人見知りである。

防衛本能を極めすぎたが故に、知らない人との交流を全力で避ける女。

最近では、人見知り改善のために、問答無用で店番をやらせる兄から逃げることに全精力を注いでいるが、北海道は行き過ぎである。

いったい、どんな思考回路になれば、そこに三色院菫子がいると思えるのか？

謎は深まるばかりである。

が、それで役立たずと決めつけてしまうのは、これまた早計。

なんせ、ヒイラギは西木蔦高校でも特に三色院菫子と仲が良かった。

西木蔦の図書室メンバーの中で、唯一のクラスメート。

人見知りの性格も相まって、クラスでは三色院菫子にベッタリ。

西木蔦で、誰が一番三色院菫子と過ごす時間が多かったか？

それは、間違いなくヒイラギである。つまり、本人は気づいていないかもしれないが、何らかの貴重な情報を持っている可能性は……零ではない。

よって、期待。

「むふぅ～。まさか、三色院先輩が私に会うのが恥ずかしくてしゃーない照れ期に入ってしまうとは……誰しもに訪れるものではありますが、タイミングが悪いですね……」

五人目、蒲田公英。

アホである。ぶっちぎりのアホである。

常日頃から、わけのわからない独自の理論で全てを自分への愛へと変換する、バグりすぎたフィルターを所持するモンスター。今も何やら訳の分からない時期へと三色院菫子を突入させ、勝手にしみじみと頷いている。

なわけねぇだろと心の中で伝えておこう。

そんな普段のたんぽぽのことだけを考えると、問答無用で役立たずの烙印(らくいん)をナイススタンプするのだが、今この時に於(お)いては別。

なんせ、こいつは俺の折れかけていた心を復活させ、おまけで虹彩寺菫(パンジー)が唐菖蒲(とうしょうぶ)高校に通っているという貴重な情報をもたらす、超特大の場外ホームランをぶっ放してくれた奴(やつ)だ。

これからも、とんでもないホームランを放ってくれる可能性は存分にある。

よって、期待。

……あれ!?　もしかしてモンスター三人衆、頼りになんじゃね？

実は俺って、すっげぇ恵まれてるんじゃね!?

つか、まったく役に立たなそうなのって……

「なんか、すごい不本意なことを考えられてそうなんだけど、気のせい？」

「気にするな、ホース。そういうこともある」

「言っておくけど、君も同じ立場だからね？」

やれやれ……。ちょっと自分が不利になったからって、俺まで巻き込まないでほしいものだ。

ともあれ、絶望だらけだと思っていたが希望が見えてきたぞ。

だとすると、俺が今からとるべき手段は……

「あら？　ジョーロ君が熱烈に手を握ってくれたわ。これは、いよいよ私達が同じお墓に納骨される日が近づいていると思ってもよさそうね」

「ああ。もしかしたら、そんな日が来るかもしれねぇな」

一つ、虹彩寺菫の機嫌を損ねないこと。加えて、喜ばせることだ。

最も重要な情報を持つ女……虹彩寺菫。

しかし、その情報は未だ全貌の見えぬ『虹彩寺菫の目的』を達成しなくては得ることができない。ならば、自分が思いつく『虹彩寺菫の目的』をとことん実行していくしかない。

今の俺は、『パンジーの恋人』なんだ。だったら、そう振る舞ってやろうじゃねぇか。

無論、これは俺自身の気持ちが揺らぐ可能性がある諸刃の剣だが、それでもやるしかない。

そして、二つ目が……

「たんぽぽ、てめぇは三色院菫子がどこにいるか、心当たりはねぇか？」

「ひょ？　私ですか？」

「ああ。どこでもいいからさ、何か思いつくことがあったら教えてほしい」

まずは、前回場外ホームランを放ってくれた、たんぽぽを頼る。

こいつなら、もしかしたら……

「ジョーロ！　私は、私のお家のおこたに行くべきだと思うの！　きっと、そこに菫子ちゃんはいるはずなのぉ～！」

ヒイラギ、ちょっと静かにしてなさい。

どんな理論を用いれば、てめぇの家のおこたにスタンバイをする？

それで、たんぽぽは……

「むふ！　むふふ！　如月先輩ったら、この私を頼ってしまうなんて、よほど私が愛しくてしゃあないのですね！　知りたいですかぁ～？　聞きたいですかぁ～」

頭をひっぱたいてやりたくてしゃあないが、堪えよう。

「ああ。知りたいし、聞きたい。教えてくれ、可愛いすぎてしゃーないだんぽぽ」

「んもぉ～う！　仕方ないですねぇ～！　いいですよ、特別に教えてあげちゃいます！」

チョロい。

「心当たりは、バッチリあります！　私は三色院先輩とよくお話していましたからね！　当然ながら、今いる場所もしっかりと把握済みです！　むっふん！」

「はぁぁ⁉　マジか⁉　それ、マジで言ってんのか⁉」

「もちろんです！」

「すごいの！　さすが、アホの師匠なの！　これなら、私は何もしなくても大丈夫そうだから、とってもとっても安心なのぉ～！」

思い切り胸を張って、ふんぞり返るたんぽぽ。横でパチパチと拍手をするヒイラギ。

おいおい、大当たりじゃねぇか！

まさか、前回以上の超特大ホームランが飛び出すなんて……っ！

いや、もしかしたらツバキはこれを知っていたからこそ、たんぽぽをよこしてくれたのかもしれねぇな。……まったく！　これだから、ツバキさんはやめられねぇぜ！

「なら、そこに案内してくれ！　今は、てめぇの情報だけが頼りだ！」

「いいですよ、特別に案内してあげます！」

「助かるよ」

よし！　もし、これで三色院菫子に会えれば、話は一気に進むぞ！

「あのさ、ジョーロ。あまりたんぽぽの言うことを信じすぎるのは……」

「ホース、確かに普段ならそう考えるが、今だけは状況が別だ。俺達は、何も手がかりを持ってねぇ。だから、信じてみようぜ。……俺達の頼れる後輩をさ」

「まぁ、君がそう言うならいいけど……」

まだ納得していない表情をしているホースだが、俺は信じている。

たんぽぽは、アホで妙なことばっかする。

けどよ……、だからこそ特大のホームランを打ってくれるんだよ。

「さぁ、皆さん、行きますよ！　私についてきてください！　むふふぅ～ん！」

やけに張り切って、先頭を走るたんぽぽ。

それに続いて、俺も歩を進めようとしたのだが……なんか、手がすっげぇ強く握りしめられてて、めっちゃ痛い。ついでに、虹彩寺菫がすさまじく不機嫌な表情になってる。

「ジョーロ君。なぜ、私というものがありながら、他の女の子に『可愛い』と言っているのかしら？　猛烈に何も話したくなくなってしまったわ」

「いやぁ～！　パンジーは可愛いなぁ！　ほんと、めっちゃ可愛いわ！」

「もう、ジョーロ君ったら……。相変わらず、私のことが大好きなのね」

その幸せそうな笑顔をやめろぉぉぉぉ!!　ドキドキすんだろが！

※

「はむはむはむ！　ん～！　美味しいです！　やっぱり、ここのハンバーグは最高です！」

「肉汁がジュワジュワなの～！　とってもとっても美味しいのぉ～！」

「ねぇねぇ、たんぽぽっち、ヒイラギっち！　うちのとちょっち交換しよ！　そっちのハンバーグも食べてみたいっしょ！」

「「……………」」

現在地は、『ヨーキな串カツ屋』から二十分程歩いた先にあるハンバーグ屋。

つい先程、昼飯を済ませた俺とホースと虹彩寺菫はドリンクのみを注文したが、バイト上がりからそのまま俺達に合流した残りの三名（一名は逃げていただけだが）は、昼食を済ませていなかったようで、上機嫌な表情でハンバーグを貪り食っている。

「はむはむはむ！　……きょろきょろ」

ハンバーグを堪能するだけのドジと人見知りと異なり、アホは当初の目的である『三色院菫子を見つける』は覚えているようで、貪りながらも鋭い眼差しで店内を見渡している。

「おい、たんぽぽ」

「きょろきょろ……ひょ？　どうしましたか、下僕先輩？」

「……ここは、なんだ？」

「桜原先輩に教えてもらって以来、私の行きつけになっているハンバーグ屋さんです！　前々から、ツバキ様のお店で働いた帰りに、桜原先輩とよく来てるんですよ！」

「うしし！　あとちょっちで全種類のハンバーグ制覇だし、また来ようね、たんぽぽっち！」

「はい！　もちろんです！　むふふ！」

うん、そうじゃなくてね。

俺が聞きたいのは、どうしてここに三色院菫子がいるかという話で……。

「はむはむはむ！　しかし、おかしいですね……。そろそろ、小腹をすかせた三色院先輩が来るはずなのですが……」

「来るわけねぇだろ！　てめっ！　……いや、ほんとてめぇ！　俺のさっきの喜びを返せ！　マジで、メチャクチャ喜んだんだぞ！」

「むふふ！　如月先輩、慌ててはいけませんよ！　私だって、ただここのハンバーグ屋さんが美味しいというだけで、三色院先輩が来ると思う程おバカさんではありません！」

「なんだと？」

てっきり、パワフルおバカさんだと思ったが、違うのか？

やはり、たんぽぽは……

「以前に三色院先輩とお話をした時、しっかりとここのハンバーグ屋さんが美味しいとオススメしておいたのです！　この私がオススメする！　すなわち、訪れること間違いなし！」

パワフルおバカさんじゃねぇか。

こいつを信じた俺がバカだった……。

「というわけで、ここにいれば、いずれ三色院先輩はやってくるでしょうし、ゆっくり待ちましょう！　むふふ！」

なわけあるか。

「だから、言ったのに……」

「うるせぇ、ホース！　前は、意外と活躍してくれたんだよ！　だから、今回も……」

「落ち着いて、ジョーロ君。まずは、心を落ち着けるために、私と同じコップにストローをさして、ラブラブウーロン茶を……」

「飲まねぇし、ロマンの欠片もねぇな！」

「そう、飲まないのね？　はぁ……。とても寂しくて、何も話したくなくなってきたわ」

「いやっほぉぉおう！　レッツ・ラブラブウーロン！」

「もう、素直じゃないんだから」

こいつ、ムカつく！　ほんと、ムカつく！

でも、悔しいことにラブラブウーロンをやってみたら、ドキドキした！　可愛い！

はぁ……。ようやく事態が進展したと思ったら、またスタート地点に逆戻りか。

「むっぷ〜！　満腹満腹です！　とっても美味しかったです！」

とりあえず、たんぽぽはダメだった。

となると、残り二人が重要になってくるのだが、

「あの、チェリーさんは、三色院菫子のいる場所に心当たりはありますか？」

「え？　うち？　そうだなぁ〜……」

紙エプロンをソースまみれにするドジマスター。

顔にも結構ついているが、どうしてそうなったかは気にしないでおこう。

「ここ！　って、自信を持って言える場所は、ちょっちないかも……。もしかしたら、うちらが通ってた中学校かなとも思ったけど、そこはジョーロっちとは関係のない場所だし……」

三色院菫子の通っていた中学校か……。

確かに、可能性としては……って、ちょっと待て。

「何で俺が関係してくるんですか？」

「……え？　だって、菫子っちはどこかに隠れてるけど、ジョーロっちに見つけてほしいん

だよね？　それだったら、うちゃ他の子達には分からない、ジョーロっちと菫子っち……二人にだけ関係する場所ってことはないかな？」

「あっ！」

言われてみりゃ、その可能性はメチャクチャあるじゃねぇか！

三色院菫子がいる場所は、『俺と三色院菫子にだけ関係する場所』。

そうなってくると………、今までのことを思い出せ！

俺とアイツ……他の奴らには関係のない、俺達だけの場所って言えば……

「二つ、思い当たる場所がある！」

間違いなく、あの二つの場所は俺と三色院菫子の二人にしか関係がない。

もしかしたら、そのどちらかにあいつがいる可能性は……

「ありがとうございます、チェリーさん！　おかげで、いいことに気がつけました！」

「うしし！　気にしないでいいよぉ～！　うちは、頼りになる優しいお姉さんだもん！」

「そ、そうかもしれませんね……」

「ちょっと！　なんで目をそらすっしょ！」

いやね、確かにすごく素敵なヒント教えてくれたんだけど、前科がかさんでて。

こう、なんというか……基本はドジというか……。

「よし！　ハンバーグを食い終わったら、移動しよう！　次に向かうのは――」

「ジョーロ！　私は、ツバキのお店に行くべきだと思うの！　あそこならツバキもいて、私も甘え放題なのぉ～！」

場所の心当たりはないが、俺に大きなヒントを与えてくれた、チェリー。

自分が薦めたという理由だけで、ハンバーグ屋に来ると確信している、たんぽぽ。

自らの欲望のままに、俺をスタート地点へと戻そうとする、ヒイラギ。

どうやら、まともな奴は一人だけのようだな……。

※

ハンバーグ屋を移動して、俺達が向かった二つの場所。

それは、とある公園と河川敷だ。

最初に訪れたのは、公園。しかし、そこに三色院菫子の姿はなかった。

そして訪れた河川敷は、少しばかし広いので、他のメンバーにも協力してもらったが、

「ダメだ、ジョーロ。どこにもいないよ！」

「むふぅ～……。三色院先輩が、ここまで恥ずかしがり屋さんだったとは……」

「チェ、チェリーちゃん、離れちゃダメなの！　……私、こんな広い場所で一人にされたら、死んじゃうの！」

「ごめん、ジョーロっち。うちらも見つけられなかったしょ～……」

誰一人として、三色院菫子の姿を見つけられることはなかった……。

「くそっ！　ここにもいねぇか……」

「ふふふ。こうして、みんなで色々な場所を探索するのは楽しいわね」

こっちは当てが外れて、テンションが下がっているというのに、上機嫌に俺の手を握りしめてやけに楽しそうな虹彩寺菫。……不公平だ。

「ねぇ、ジョーロ君。一つ聞いてもいいかしら？」

「なんだよ？」

「どうして貴方は、さっきの公園とこの河川敷のどちらかに、あの子がいると思ったの？」

「うっ！　そ、それは……」

どうして、この子は余計なことを聞いてきちゃうかね⁉

俺が、『俺と三色院菫子にだけ関係する場所』で思いついた場所なんだから、ちょっと言うのは恥ずかしい理由に決まってんだろ！

そう易々と言うわけが……って、他の奴らの視線も一斉に集中してきたんだけど！

え？　これ、言う流れなの⁉

「教えてくれたら、お礼に私も何か一つ教えてあげられるかもしれないわね」

「うぐっ！」

容赦なく足元を見てきやがるな、この女は！

虹彩寺菫(バンジー)からの情報は、喉から手が出る程欲しい。

だが……、だが、しかしだ！

「いや、結構恥ずかしい内容だから……」

「ジョーロ、目的を思い出すんだ。僕も君が恥ずかしさにもだえ苦しむのを見ているのは楽し……こほん。情報の共有のために教えてほしいな！」

本音が隠しきれてねぇぞ、こら。

しかし、チェリーのアドバイスを基に行動しても不発だったのは事実で、俺達に残された情報源となると……

「ジョーロ、私は疲れたの！　ここは休憩のためにも、前にジョーロとサザンカちゃんと会ったパンケーキ屋さんに行くべきだと思うの！　あそこのパンケーキは、とってもとっても美味(おい)しいから、幸せいっぱいになれるのぉ～！」

自らの欲望に忠実過ぎる、人見知りだけになってしまう。

もし、そんな場所に三色院菫子(さんしょくいんすみれこ)がいたら、乳を揉(も)みしだくだけで済ませられる自信がない。

「分かったよ……。教えるよ……」

だとしたら、虹彩寺菫(バンジー)から得られる新たな情報に賭けるしかない。

「この河川敷(かせんしき)とさっきの公園は、俺が三色院菫子(さんしょくいんすみれこ)と二人で来た場所なんだよ。ここであいつと二人で花火を見て、さっきの公園は、前に大喧嘩をした時に仲直りをした場所なんだ……」

だから、俺はこの二つのどちらかに三色院菫子がいると思っていた。

『俺と三色院菫子にだけ関係する場所』と言われたら、間違いなくこの二つしかない。

他に、あいつと二人だけの思い出の場所となると……、西木蔦高校の図書室もあるが、そこはすでに確認済みの場所だ。

「へぇ～！　ジョーロっちと菫子っちが喧嘩をすることなんてあるんだね！」

「三色院先輩を傷つけるなんて許せません！　如月先輩は悪い人です！　むっふー！」

「うるせぇな！　昔のことなんだから、もういいだろ！」

それみたことか！　チェリーにはやけにニヤニヤした顔で見られるし、たんぽぽには謎の怒りをぶつけられるし、最悪じゃねぇか！

「……そう。あの子は、ちゃんとあの子だけの思い出も作っていたのね……」

が、虹彩寺菫だけは他の奴らと違い、やけに穏やかな笑顔を浮かべている。

それは、まるで妹の成長を喜ぶ姉のような表情で……、

「ふふふ……。ありがとう、ジョーロ君。とても嬉しいことを知れたわ」

「交換条件は、忘れてねぇだろうな？」

「もちろんよ。特別に、おバカなジョーロ君に私が知っていることを一つ教えてあげるわ」

俺の恥じらいを犠牲にして得る情報だ。

　今度こそ、『ヨーキな串カツ屋』の時みてぇな中途半端じゃない貴重な情報を――

「あの子は、お友達ができたことを本当に喜んでいたわ」

「さっきも言ってたやつだろうが！　ほんと、なんなの!?　最初から何も教える気が……」

「まだ言い終わっていないから、最後まで聞いてほしいわ」

　どういうこっちゃねん。

「あの子は、中途半端。探してほしい気持ちと探してほしくない気持ちが混在している。だから、ハッキリとした場所は言わないけれど、何かしらのヒントは必ず残しているはずよ」

「だとしても、そのヒントがどこにあるか分からなきゃ意味がねぇだろ？」

「ふふふ……。そこで、さっきのお話が役に立ってくるのよ」

「は？」

「あの子は、私が目を覚まして以来、ずっとお友達の話をしていた。だから、あの子にとって特に大切なお友達。その人が、何か話を聞いていると思うの」

　ん？　三色院菫子にとって、特に大切な友達、だと？

「私が目を覚ましてから、沢山聞かせてもらったお友達の話。その中でも、特に一人の子の話をあの子はよくしていた。二学期からやってきた転校生で、同じクラスになった子のお話をね」

　おい、ちょっと待て。まさか……

「その子は今まで何度も色々な場所に行こうと提案していた。ただ聞いているだけだと見当違いのように思える。でも、どうしてその子は自信をもって提案していたのかしら？」

三色院菫子が、特に仲良くしていた友達。同じクラスメート。

該当する奴は、一人しかいない。

「ヒイラギ、てめぇは三色院菫子から何か聞いてるのか⁉」

「ひゃっ！　びっくりしたの！」

二学期にやってきた転校生、ヒイラギこと元木智冬。

仲が良くなったのは、他の奴らと比べると少し遅いが、西木蔦の図書室メンバーが全員三色院菫子と別のクラスだったのに対して、ヒイラギだけは同じクラスだった。

人見知りの性格も相まって、西木蔦では常に三色院菫子にベッタリ。

そんなヒイラギを、あいつはやけに気に入っていて……特に仲が良かった相手だ！

「す、菫子ちゃんからお話？　その……」

ヒイラギが、少しだけ気まずそうに目を逸らす。

普段から人見知りで怯えた態度が目立つヒイラギだが、仲が良い奴にこういう態度をとることは滅多にない。ってことは……

「そういえば、ヒイラギちゃんはハンバーグ屋さんに行く前に言ってたよね。『これなら、私は何もしなくても大丈夫そう』って。つまり、君には何かできることがあるのかな？」

「ホース、鋭いの！　とってもとってもびっくりなの！」

やっぱり、そうだ！　ヒイラギは、何かを知っているんだ！

「もしかして、今まで君が提案していた場所は、君だけが知っている何かを基に提案していたんじゃない？　でも、その何かまで教えていいか分からなかった。君が提案していた場所は突拍子もない場所ばかりだったけど、そういう理由があると考えると辻褄(つじつま)が合うんだけど？」

「ぐうの音も出ないの！　図星なの！」

クリスマス・イヴでもヒイラギは言っていた。『何も言っちゃいけない』と。

それはつまり、言ってはいけない何かを知ってるってことだ！

今まで、ヒイラギが提案した場所は、『ゲンキな焼鳥屋』、『北海道』、『ヨーキな串カツ屋』、『以前に俺がサザンカと二人で行ったパンケーキ屋』。

パッと聞くと共通点がないように思えるが、きっと何かの共通点がある！

それを教えてもらえれば……

「その……、ちょっとだけ教えてもらってるの……。菫子(すみれこ)ちゃんのいる場所を……」

「ちょっとってのは、どういうことだ？」

「菫子(すみれこ)ちゃん、自分のいる場所をみんなにちょっとずつ教えてたの……。私が、修学旅行で菫(すみれ)子(こ)ちゃんからお願いされた時、とってもとっても反対したら、『それなら、大切なお友達に少しだけ、自分のいる場所を伝えておく。あの人に教えたかったら、教えてもいい』って……」

つまり、虹彩寺菫(パンジー)の言う通り、三色院菫子(さんしょくいんすみれこ)はヒントを残してたってことだ。

そして、そのヒントを託されたうちの一人がヒイラギだったのか……。

「そいつを教えてくれ！　そしたら、アイツを見つけられるかもしれねぇ！」

「ううう……。でも、でも……、これは、菫子ちゃんが私にだけ教えてくれたことなの……。私、菫子ちゃんがとってもとっても大好きなの。だから……」

「頼むよ、ヒイラギ！　このまま終わりにしたくねぇんだ！　だから、力を貸してくれ！」

「……うぅぅぅぅ!!」

「ヒイラギ、私からもお願いするわ。今のあの子は、本来のあの子とは異なる行動を取っている。あの子のお友達として、それは少し我慢ならないの」

おいおい、マジか。まさか、虹彩寺菫がこんなことを言い出すなんて……。

「……っ!!　いつもの菫子ちゃん……わ、分かったのだ!!」

自分の中の葛藤を鎮めるためか、ヒイラギが『意地でも頑張らなきゃいけない時』にだけなる仰々しい口調へと変貌した。

「我も同じなのだ！　我が大好きな菫子ちゃんは、いつもハッキリした菫子ちゃんなのだ！　今の菫子ちゃんは、おかしいのだ！　いつもの菫子ちゃんじゃないのだ！」

そうだよな。何にも言わずに逃げるなんて、三色院菫子じゃねぇよな。

俺もそう思うよ……。」

「何より……我は、ジョーロに恩返しをしなくちゃいけないのだ！」

「へ？　恩返し？」

「知らない人が怖くて、逃げてばっかりだった我を助けてくれたジョーロ！　今度は、我がジョーロを助ける番なのだ！　だから、ジョーロに我が知ってることは全部教えるのだ！」

まだ、決意をしきれていないのか、やけに震える両足が印象的だが、それでもヒイラギは力強くそう俺に伝えてくれた。

「我が教えてもらったこと。それは……」

「『ジョーロが余計なことをした場所』！　そこに菫子ちゃんはいるのだ！」

それ、どこ？

いやね、余計なことを何もしてないとは言い切れねぇけどさ、抽象的すぎませんかね⁉

もう少し、こう、分かり易い場所とか……

「だから、我はジョーロが余計なことをしてたっぽい場所を提案してたのだ！　というわけで、もう十分に頑張ったからおこたに突撃するのだ！　はよ！　はよ！」

それはしません。

けど、理解できたよ……。

ヒイラギが提案した場所、『ゲンキな焼鳥屋』、『北海道』、『ヨーキな串カツ屋』、『以前にサザンカと二人で行ったパンケーキ屋』は、確かに俺が余計なことをしたと言える場所だ。

が、そこには間違いなく三色院菫子はいない。

かといって、他の場所となると……

「心当たりが多すぎて、絞れねぇ……」

「確かに如月先輩は、常日頃余計なことしかしませんからね……。むふぅ～……」

黙れ、アホ。てめぇにだけは、絶対に言われたくない。

「な、なら、おこたは我慢してもうちょっと頑張るのだ！　我はこれしか知らないけど、菫子ちゃんからお話を聞いてた子は他にもいるのだ！　だから、その子達に教えてもらうのだ！」

そうだ。さっき、ヒイラギは言っていた。

三色院菫子は、みんなに少しだけ、自分のいる場所を伝えていると。

恐らく、このヒントは一つでは意味がない。他のヒントも集めて、初めて意味を成すんだ。

「なぁ、ヒイラギ。三色院菫子から、その話を聞いてたのって……」

聞きながらも、俺はすでに確信していた。

誰が、あいつからヒントを託されているのか。

当たり前だろ？　こんな状況で、三色院菫子が頼る奴なんて……

「コスモスさん、サザンカちゃん、ひまわりちゃん、あすなろちゃんなのだ！」

だよなぁ～……。アイツら以外、いるわけねぇよなぁ～……。

けど、ついこないだ会った時、あいつらは全員そろってそんなことを知っている素振りすら、一切見せてこなかった。

多少、絆は回復しようとも、まだまだあいつらは三色院菫子の味方なんだ。

だから、俺がシンプルに教えてほしいと頼んでも、何も教えてくれないだろう。

となると、これから俺がすべきことは……あいつらの説得ってことか……。

はぁ……。どこかにいねぇかな？　こう、あっさりとあいつらを説得できそうな……

「むふ！　むふふ！　それなら、もう安心ですね！　この可愛すぎる天使が、教えてほしいと頼めば、皆さんちょちょいのちょいと教えてくれるに違いありません！　如月先輩、よかったですね！　もはや問題は解決したも同然ですよ！」

「うちも頑張っちゃうよ！　みんなから菫子っちがどこにいるか教えてもらうっしょ！」

現状、俺が手に入れた三色院菫子のいる場所に繋がるヒントは二つ。

一つが、『如月雨露と三色院菫子にだけ関係する場所』。

もう一つが、『如月雨露が余計なことをした場所』。

希望は見えたが、まだまだ先は長そうだ……。

【私の報告】

――高校二年生　夏休み。

「ねぇ、信じられる？　私に、お友達ができたのよ……。それも、一人じゃない。とても沢山のお友達ができたの……」

静かな病室で、私――三色院菫子は、眠ったままのビオラへと語り掛ける。

高校二年生になってから、私の世界は大きく変化をした。

一人でいるのが当たり前だった私が、一人でいないことが当たり前になった。

毎日、お友達と……そして、ジョーロ君と一緒に過ごせるようになった。

「前に貴女は、『長期休暇は、ジョーロ君に会えないから早く終わってほしい』と言っていたわね？　でも、私は違うわ。ちゃんと夏休みになっても、ジョーロ君と会っているんですから」

「…………」

僅かに揺れる瞼。それが、私の発した言葉に反応してのことなのかは分からない。

だけど、私は語り続ける。いつか、ビオラが目を覚ますその時まで。

「貴女と過ごしている時は図書室や喫茶店で過ごすことが多かったけど、新しいお友達ができると、こんなにも変わるのね。ジョーロ君のお家で流しそうめんをしたり……あっ。みんなで、海にも行ったのよ。人前で水着姿になるなんて、とても恥ずかしかったけど、ジョーロ君が喜んでくれると思って我慢したんですから」

みんなと一緒にいるのは楽しい。

とても元気で明るいひまわり、頼りになるけど実は可愛い一面もあるコスモス先輩、落ち着いた様子で私達を見守ってくれるツバキ、何でもハッキリと言うあすなろ。

それに……

「安心して。ジョーロ君とサンちゃんの絆は、元に戻ったわ……いえ、前よりもうんとうんと素敵な絆が結ばれたわ。……ちょっと、やりすぎな気もするけれど」

誰よりも頑張り屋さんのサンちゃん、いじわるだけどとても優しいジョーロ君。

二人の絆から、もう歪みは消えた。

一学期を通して、パンジーが最初に掲げていた目的を達成することができたのだ。

これで、安心して次の目的へと移ることができる……のだけど、

「ちょっとだけ難しい状況になってしまったわ……」

中学時代、ビオラはよく私に話していた。

『もしも、他の女の子がジョーロ君の魅力に気がついてしまったらどうしよう？』

当時の私は、そんなことが起こるわけがないと高を括っていた。

だけど、今まさにそんなことが起こってしまったのだ。

それも一人じゃない。少なくとも、三人の女の子がジョーロ君へ淡い気持ちを抱いている。

いつも明るく天真爛漫な、ジョーロ君の幼馴染のひまわり。

生徒だけでなく、先生からも信用されている、生徒会長のコスモス先輩。

ハッキリとした物言いで、積極的にジョーロ君へアプローチをする、新聞部のあすなろ。

加えて、少し素直じゃない勝ち気な女の子……『サザンカ』と呼ばれていた女の子も、一学期の終盤からやけにジョーロ君を気にした風な目で見つめている。

彼女とはあまり話したことがないから、どんな人かは詳しく知らないけど、沢山の女の子から慕われている人気者だ。

みんな、私が持っていない魅力を持っている、とても素敵な女の子達。

そんな子達から、ジョーロ君は恋心を抱かれている。

だから、もしかしたら……

「ごめんなさい。貴女が目を覚ました時、とてもがっかりさせることになるかもしれないわ」

つい、弱音を吐いてしまう。

最初の目的であった『ジョーロ君とサンちゃんの絆を元に戻す』は、ライバルと呼べる存在がいなかった分、ただ目的の達成だけを目指して行動すればよかった。

だけど、今回は違う。ジョーロ君だけじゃなくて、周りにも目を配らなくてはならない。

みんなが、どんな行動を取るか？　ジョーロ君が、誰を気にしているか？

いったい、ジョーロ君は誰のことを好きなのかしら？

幼馴染のひまわり？　生徒会長のコスモス先輩？　新聞部のあすなろ？

クラスメートのサザンカ？　図書委員のパンジー？　それとも……

「ひとまずは、夏祭りね」

最後に生まれた感情に蓋をするため、私は現在の最優先項目を口にする。

夏休み、私達はジョーロ君に内緒でいくつかの勝負を行っている。

そして、その勝負で一番多く勝った人が、夏祭りでジョーロ君と二人で花火を見られる権利を手に入れられることになっている。

誰がジョーロ君の好みかを決める、私服勝負。

ジョーロ君のお家でやった、ババ抜き。

海で行った、ビーチバレーとビーチフラッグ。

その全ての勝負で、私は負けてしまった。もう後はない。

だけど、絶対に諦めない。ジョーロ君と一緒に花火を見るためにも。

「とびっきりに可愛い浴衣姿を見せて、ジョーロ君をドキドキさせてみせるんだから」

言葉でそんなことを言いながらも、本当にドキドキしているのは私だ。

大好きな人に、普段とは違う自分の姿を見せる。

ただそれだけで、こんなにも胸が高鳴るなんて思いもしなかった。

「……じゃあ、私は行くわね」

夕日が病室を照らす。そろそろ、時間だ。

「また来るから、その時は目を覚ましてくれていると嬉(うれ)しいわ」

もはや定番となった言葉を残して、私はビオラの眠る病室を去る。

でも、その前に……

「……ごめんなさい」

ドアの前で、眠っているビオラへ小さな謝罪を口にする。

西木蔦(にしきづた)高校で起きたことは、全てビオラへ伝えている。

だけど、一つだけ伝えていない……いえ、伝えられなかったことがある。

私は、パンジーとしてジョーロ君の恋人にならなくてはいけない。

なのに、一つだけ……決して起きてはならないことが起きてしまった。

パンジーとして、言われてはいけないことをジョーロ君から言われてしまった。

その秘密を胸に抱えたまま、私は病室をあとにした。

❀

「うぅ～！　誰かな、誰にかかってくるかな⁉　わたしにかかってくるよね！　だってわたし達、幼馴染だもん！」

「ふっふっふ！　甘いですよ、ひまわり！　こういう時、普段から様々な情報を持っている私は、圧倒的な信用を集めます！　つまり、かかってくるのは私です！」

「あすなろさん、それを言うのなら生徒会長の私のほうが信用されているのではないかな？　だから、かかってくるのは……わ、私のはずだ！」

「私だって、負けないわ」

「これ、ボクにかかってきたらどうすればいいのかな？」

夏祭り、河川敷に集まった私達は、それぞれスマートフォンを片手に握りしめながら、ジョーロ君から電話がかかってくるのを今か今かと待ち続けていた。

夏休みに行われた勝負の最終的な結果は、全員が二勝。

今まで一勝もできなかった私だけど、お祭りでやった射的と輪投げで、最後の最後に二勝してみんなに追いつくことができた。

でも、それで終わりじゃない。

私はみんなに勝ったわけではなく、追いついただけ。

そして、全員が同点での引き分け決着なんて、中途半端な結果は私達の勝負に有り得ない。

ここにいるツバキを除いた全員が、ジョーロ君と二人で花火を見たいと思っているのだから。

だから、急遽もう一つ、最後の勝負をすることになったのだ。

それが、『誰が最初にジョーロ君から電話がかかってくるか』。

夏祭りでジョーロ君と別行動をとった私達は、花火の時間になったら彼と合流することになっていた。だけど、私達は時間ギリギリになっても彼の下へと向かわない。

そうなったら、しびれを切らしたジョーロ君が誰かに連絡をするはずだ。

そして、最初にジョーロ君から電話がかかってきた人が、夏休みを通して行われた勝負の最終的な勝者となり、彼と二人で花火を見る権利を手に入れる。

「…………」

誰もが期待した眼差しで自らのスマートフォンを見つめる中、私はどこか消極的な気持ちでスマートフォンを見つめていた。

ジョーロ君から電話がかかってきてほしい。でも、私の願いはいつも叶わない。

だから、今回もきっと——

「……っ！」

一つのスマートフォンの画面が照り輝き、振動をする。

ジョーロ君から電話がかかってきたのだ。

そして、それは……

「わ、私！　かかってきた！　かかってきたわ！　私に、電話がかかってきたわ!!」

「「「えぇぇぇぇぇ!!」」」

河川敷に、私の少し大きな声と、三人の落胆した叫び声が響き渡る。

あまりの喜びで、ついスマートフォンを手から滑らせてしまい、電話に出られなかった。

だけど、私にかかってきた！　私にかかってきたわ！

つまり、夏休みの勝負は……

「ん。それじゃあ、パンジーの勝ちだね」

今回の勝負で、公平な立場に立っていたツバキが端的に私の勝利を告げた。

「やった！　……やったわぁぁぁぁぁぁぁ‼」

信じられないくらい大きな声が出ていたと気づいたのは、この少し後。

今の私は、そんなことにすら気がつけず、ただただ喜びに翻弄されていた。

ジョーロ君が、最初に私に電話をかけてくれた。

その事実が、あまりにも嬉しくて、あまりにも幸せで……。

「うぅ～！　くやしい！　くやしいくやしい！」

「ま、まさか、最後の最後で逆転されるとは……」

「そんなぁ～……」

地団駄を踏むひまわり、唖然とするあすなろ、露骨に肩を落とすコスモス先輩。

ふと、冷静になった私が、最初に抱いた感情は恐怖だった。

もし、これでみんなとの仲に亀裂が入ってしまったら、どうしよう？

私にとって、彼女達はライバルであると同時にとても大切な……

「じゃあ、今回はパンジーちゃん！　でも、次は負けないからねぇ～！」

「急いだほうがいいですよ、パンジー。そろそろ、花火が始まりますから」

「パンジーさんなら大丈夫だと思うけど、ここを真っ直ぐに行ったところだからね。道を間違えないように、気をつけてね」

本当に、なんて素敵な人達だろう……。

本当に、なんて優しい人達だろう……。

同時に、自分を情けなく感じてしまう。

もしも自分が勝負に負けていた時、彼女達のような態度をとれた自信がなかったから。

私は臆病な卑怯者だ。

彼女達と同じ土俵に立っていること自体が、間違いなのかもしれない。

「……ありがとう」

劣等感を謝礼で隠した後、私はジョーロ君のいる場所へ向かって走っていった。

❀

「ありがとう、ジョーロ君。誰よりも先に私に電話をかけてくれて」

河川敷で、ジョーロ君へ気持ちのままにお礼を伝える。

彼と合流して、遅れてしまったことを謝罪した後、私は今日までに行われていた勝負について彼へ説明をした。自分の知らないところで、そんな勝負が行われていたとはまったく気がついていなかったジョーロ君はご機嫌斜め。

今も、私と二人ではなくて、みんなと合流して花火を見ようと提案していた。

「……また、下らねぇことをやりやがって……」

「下らなくないわ。私達にとっては、本当に大切な……絶対に譲れないことだもの」

――いつか、ジョーロ君と二人で花火を見るの！　もちろん、手を繋ぎながらよ！

中学生の時、そんな夢を見ていた少女がいた。

その願いを必ず叶えてみせる。

パンジーは、必ずジョーロ君と二人で花火を見なくてはいけないの。

「だから、今だけ。今だけでいいの……。私と一緒に花火を見てほしいわ」

お願い、ジョーロ君。彼女の願いを、私のお願いを……叶えて……。

「……ダメ？」

「わーったよ。んじゃ、俺はてめぇと二人で花火を見る。……これで満足か？」

「ええ。大満足よ」

本当は今にもジョーロ君に抱き着きたい衝動をこらえ、私は淡々と告げる。

「なら、もう一つ我侭をさせてもらうわね」

「どうぞご自由に」

　ゆっくりと、自分の感情を押し殺しながらジョーロ君の手を握りしめる。

　私は、これからもパンジーの願いを叶え続ける。

　最初の目的である『ジョーロ君とサンちゃんの絆を元に戻す』は終わった。

　だから、これからは『パンジーとして、ジョーロ君の恋人になる』。

　そのためだけに………え？

　ど、どうしましょう！　ジョーロ君が、手を握り返してくれたわ！

　夏祭りって、こんなにすごいの⁉

「そんなに強く握られると、恥ずかしいわ」

　混乱する思考、自分が何を言ったかよく分からない。

「てめぇが、俺のことを大好きすぎるのが原因だ」

「今の貴方の行動からすると、その台詞は私から言ったほうがいいのではないかしら？」

「俺は、自分が言いたいことを言っただけだ。間違ってたら、否定しろ」

「……遠慮させてもらうわ」

　否定するわけないじゃない……。

　だって、パンジーは貴方が大好きだもの。

いいえ、パンジーだけじゃない……。私も……、貴方が大好きなの……。

「……おつかれ、パンジー。まぁ……、色々大変だったな」

「大変じゃないわ。勝負の件は一生懸命だったけど、それとは別にとても楽しい毎日だったもの。もし、私がここに来られなかったとしても、今年の夏休みは一生忘れることのできない、素敵で大切な宝物になったわ」

「そりゃ、何よりだ」

「みんな、本当にすごい人達だわ。こんな素敵なお友達が、また私にできるなんて夢みたい」

ありがとう、ジョーロ君。私にお友達を作ってくれて……。

これで、私はもう十分だから。これだけでも、本当に幸せだから……。

「またってことは、前にも……ああ、そういや中学時代、他校に仲の良い友達がいたんだよな」

「……知っていたのね」

自分の失言を悔やんだのは一瞬。私の中に、一つの可能性が生まれたからだ。

私は今、本来ならここにいるはずだった女の子を演じているだけの存在。

だけど、もしもジョーロ君が彼女のことを思い出してくれたら……。

私達の関係を知ってくれたら……、私は、『三色院菫子』に戻れるかもしれない。

「まぁな。……ホースから聞いたんだよ」

「そういえば、葉月君に一度だけ伝えてしまっていたわね」

どうやら、ジョーロ君は葉月君から『私にお友達がいた』という話を聞いただけで、その人物が彼女であることは知らないみたい。

そうよね……。葉月君自身も、私のお友達が彼女だということは知らないもの……。

「そいつは、どんな奴だったんだ？」

「とても芯が強くて、自分の決めたことを必ずやり遂げようと努力する女の子よ。本当にすごい人で、とても憧れたわ」

ジョーロ君、覚えてる？　その子は、三年間ずっと貴方の近くにいたのよ。

何度も何度も、私は聞いていたの。

——ジョーロ君が、褒めてくれたの！　自分の決めたことを必ずやり遂げようと努力するところがすごいって！　本当にとても……とても嬉しかったわ！

貴方が彼女に伝えた言葉を、私はもう一度伝えただけ。

ねぇ、少しでいいの……。少しでいいから、思い出して……。

そうしたら、私は貴方に全てを伝えられる。

私と彼女に何が起きたか。どうして、私がここにいるかを……。

「てめぇも似たようなもんじゃねぇか」

「そう言ってもらえると嬉しいわ。私は『彼女』に憧れて、そうなれるように努力しているから。今の私は、『彼女』がいたからこそ存在していると言っても、過言ではないわね」

私の西木蔦高校での姿は、彼女にそっくりでしょう？

彼女がいたから、私は今の私に成っているの。

彼女の代わりに、パンジーとして貴方の前に現れた。

私がパンジーでいられる時間は、彼女が目を覚ますまでの間だけなの……。

「とても仲が良かったのよ。特に印象的なのは、『彼女』がお菓子を作れるようになりたいと言った時ね。最初は本当にひどくて、私は何度も諦めたらと言ったのだけど、諦めないの」

そして、そのお菓子を受け取っていたのが貴方よ。

ねぇ、美味しかった？　私も、とても一生懸命教えたのですからね。

「慣れない作業で手を火傷したり、とても美味しくないお菓子を作ったりしてしまっても、絶対に挫けないの。……そして、最後はちゃんとした美味しいお菓子が作れるようになったわ」

「そりゃ、すげぇな。……あ、もしかして、『パンジー』ってアダ名もそいつがつけたのか？」

あと少し、あと少しでジョーロ君は思い出すかもしれない。ジョーロ君が思い出してくれれば、これから私が行おうとしている間違いをしなくても済むかもしれない。

……お願い、ジョーロ君。

「違うわ。つけてもらったのは、中学生の時だけどね」

「へぇ。じゃあ、中学より前からのダチにつけてもらったとか？」

「それも違うわ。私に『パンジー』というアダ名をつけたのは、…………貴方よ。ジョーロ君」

思い出して！

中学生の時、貴方に愛称をつけてほしいとお願いした女の子がいたでしょう？

その子に、貴方が『パンジー』という愛称をつけたの。

私の『パンジー』は、あの時に貴方がつけてくれたからこそ、私はパンジーになったの。

「はぁ？　なに言ってんだよ。俺は一年の時、てめぇが『パンジー』って呼ばれてるって、他の奴から聞いたぞ？」

……そう、よね。……分かっていたわ。

ジョーロ君と二人で花火を見るという願いが叶ったこと自体が奇跡。

それ以上の奇跡を願うのは、私には分不相応。

ジョーロ君は、彼女を思い出さない。

これからも私は、パンジーでい続けなくてはいけない……。

「ええ。その頃には、もう『パンジー』というアダ名で呼ばれていたから、自分から名乗っていたもの」

沢山の人に、私は私が『パンジー』であることを伝えていた。

もし、ジョーロ君に『パンジー』という言葉が伝わった時、彼女を思い出してくれるかもしれないと期待して。回りくどくて分かりにくい方法よね……。

「一応聞くが……、俺とてめぇが初めて会ったのは？」

「高校一年生の時ね。ちなみに、話したのは去年のあそこが初めてよ」

二つの話を、まるで一つの話のように私は伝えた。

きっと、ジョーロ君は私達が初めて会って話したのは去年の地区大会の決勝戦の日だと思っているだろう。それは半分正解で半分不正解。

だって、初めて会った場所は違うもの。

私と貴方が初めて会ったのは、貴方のクラスの前。

あの時は、貴方が嫌いで嫌いで仕方がなくて、顔を見るのも嫌だったのですからね。

「ねぇ、ジョーロ君。貴方の質問に答えたご褒美に……一つ、お願いがあるのだけど……」

「なんだよ？」

「あのね、実は夏休みの間、私以外のみんなが貴方に言われていたことがあるの。だけど、私だけは、ちゃんと言ってもらえてないわ。それが、とても寂しかったの」

──いつか、ジョーロ君に言ってもらうの！『とても綺麗だね』って！

それは、パンジーの願い。ずっと本来の姿を見せられずにいた彼女だからこその願いだ。

私はパンジー。だから、彼女の願いを叶えるための行動をとろう。

「んなことあったか？」

「本当に、貴方は理解力がまるでないのね……。少しは私を見習ったらどうかしら？」

「生憎と俺は人類なんでな。エスパー妖怪と比べられても困る」

「……いじわるね」

はぁ……。この人、本当に気づいていないじゃない。

少しくらい、考えてから聞いてほしいわ。

「なら、ヒントをあげるわ。ひまわりは、ジャスミンさんと服を買いに行った日。コスモス先輩は、流しそうめんをした日。あすなろは、海に行った日。ツバキは、お祭りに行く直前にソレを言われているわ」

夏休みの間、私は何度もジョーロ君に『綺麗(きれい)だ』と言われるために頑張ったの。

でも、全然言ってくれなくて、なのに他の子には言っていて……悔しかったわ。

「……あ」

「あら、ちゃんと気がついたみたいね」

「いや、てめぇにも言っただろ？　ほら、姉ちゃんに服を選んでもらってた時に……」

「『まぁ……、いいんじゃねぇの？』なんて、中途半端(ちゅうとはんぱ)な言葉は嫌よ」

パンジーは、貴方(あなた)にちゃんと褒めてもらいたいのよ。

他の子みたいに、ちゃんと『綺麗(きれい)』って言われたいのよ。

「言いたくなかったら、言わなくてもいいわ」

「言葉と顔がまるで合ってねぇんだが？」

「気のせいじゃないかしら？」

「……分かったよ。言ってやる」

「……え、ええ」

ど、どうしましょう！　本当に言ってくれるの⁉

自分で言い出したことだけど……す、すごく緊張するわ！

「その浴衣、似合ってるな。……ほれ、これでいいだろ？」

「いまいちね。もっと具体的な言葉を私は所望するわ」

この人、何を言っているのかしら？　私の期待した気持ちを返してほしいわ。

「……ぐっ！　パンジーは可愛いな！　はいはい、すっげぇ可愛いよ！」

「気持ちがこもってないわ。そんな投げやりに言わないで」

「また、俺を振り回しやがって……」

「女の特権でしょ？　貴方がそう言ったのじゃない？」

まぁ、いいわ。おかげで、気持ちが落ち着けられたし、特別に許してあげる。

「はぁ……、最悪だ」

これで、また一つパンジーの願いを叶えることができる。

パンジーが夢見ていたことを――

「………綺麗だよ。とびっきりにな」

〜〜〜〜〜〜っ‼　な、なんてことなの……。

落ち着いたから、もう大丈夫だと思っていたのに、全然大丈夫じゃないわ！

好きな人に褒めてもらえると、こんなに嬉しいの⁉　し、信じられないわ！

「……パ、パンジー？」

落ち着いて……。落ち着かないと、ダメよ……。

このままじゃ、自分の気持ちが……

「ふふっ。それじゃあ、花火を楽しみましょうか」

何とかその言葉を捻り出して、私はジョーロ君と花火を見る姿勢を整えた。

すると、

「……お。ようやく始まったな」

タイミングよく、花火が始まった。

ジョーロ君の顔を見るのが恥ずかしくて仕方ないから、私は食い入るように花火に集中する。

だけど、やっぱりお話はしたくて……

「素敵ね、ジョーロ君」

「そうだな」

「私とどっちが好き？」

つい、余計なことを聞いてしまうのだった。

「そりゃ、もちろん…………に決まってるだろ」

肝心なところが、花火の音と重なって聞こえなかった。

間違いなく、狙ってやっているわね……。

「おっと、こりゃ残念。花火の音で、かき消されちまったな」

ほら、やっぱり。

「ジョーロ君。そういうのは、意図的にやるものではないと思うわ」

「決め付けはよくねぇぞ。たまたま偶然運の悪いことに、重なっちまっただけだ」

「なら、もう一度言ってくれると嬉しいわ」

「こういうのは、一度言ったら恥ずかしくてもう言えないのが、定番だと思うぞ？」

「決め付けはよくないわ。たまたま偶然運の良いことに、私はもう一度聞きたいもの」

「…………やかましくねぇほう」

やっぱり、どちらか分からないじゃない。

だって、今の私はものすごくやかましい。心臓の音が、花火以上に響いてしまっている。

こんな、少女漫画みたいな経験ができるなんてね。

「……そう」

再び花火が上がる。そんな中、私は少しだけジョーロ君へ自らの体を寄り添わせた。

もしかしたら、明日にでも彼女は目を覚ますかもしれない。

そうしたら、私の時間は終わりへと近づく。本物のパンジーがやってくる。

だから、少しだけ、少しだけでいいから……私だけの時間をちょうだい。

「ねぇ、ジョーロ君。この花火が終わったら、コスモス先輩達と合流してツバキの串カツ屋にいかない？　この時間だったら練習も終わってるし、サンちゃんも来るかもしれないわ」

だけど、我侭は少しだけ。このままジョーロ君と二人でいたら、自分の気持ちが抑えられなくなる確信をしていた私は、すぐさま逃げ出した。

私は偽物だから……。

ただ、彼女の代わりにここにいるだけ。

そして、これからも彼女の代わりを演じ続け、彼女の願いを叶え続けていく……。

――高校二年生　十二月二十九日。

「来ない……わよね？」

近くにある時計台が十八時を示したタイミングで、私は周囲を確認する。

そして、見知った人物が誰もいないことが分かると、私はその場から去りお家へと帰る。

理由は簡単で、沢山の人がやってき始めたからだ。

私がいる場所は、夕方になると徐々に人が増え始め、最終的には大混雑が起こる。

だから、いるのは十八時まで。それまでに誰も来なかったら、私は帰るようにしている。

「……もう、ヒイラギからは聞いたかしら？」

ふと、ここにはいない彼のことを考える。

私は自分がどこにいるかは誰にも教えていないけど、大切なお友達にヒントだけ伝えた。

ヒイラギは、二学期からずっと私と一緒にいてくれた、とても大切なお友達。

彼女は人見知りで、クラスにいると常に私のそばから離れない。

席替えでも、すごく人見知りで誰かと話すことすら怖いのに、必死にお願いをして私の隣の席の子と席を交換してもらっていた。

『私は、パンジーちゃんと一緒なの！　とってもとっても仲良しなのぉ～！』

無邪気な笑顔でそう言ってくれる彼女は、私の大きな心の支えだった。

私は西木蔦高校にはお友達がいたけど、同じクラスの人とは誰とも仲良くなれなかった。

だけど、ヒイラギが転校してきてから、そんな私の世界は大きく変化した。

彼女は人見知りであるがゆえに、逆に他の人の興味を惹くのだ。

そんな彼女の存在がきっかけで、ヒイラギ以外にも生徒会長になったプリムラや、手芸部のパインともお友達になれた。

休み時間に、少し寂しい想いをしていたのに、それすらもなくなったのだ。

変化していく世界で、次々と幸せが増えていく。

こんなこと、当たり前だと言う人もいるかもしれないけど、私にとっては特別。

小学生や中学生の頃とは違う、とても楽しい高校生活を送れるようになった私は、学校が嫌いではなくなっていた。

毎日毎日が、楽しみで――

――貴女だけが、そんなに幸せになっていいのかしら？

私の中のパンジーが、そう尋ねているような気がした。

西木蔦高校にいたであろうはずの、もう一人の女の子。

私が手に入れた幸せは、本来であれば彼女が手に入れていた幸せだ……。

大好きな人のそばにいられて、素敵なお友達と過ごせる毎日。

中学生の頃に、彼女がずっと夢見て……失ってしまった理想。

「そういえば、何も食べていなかったわね……」

十八時、私のお腹から空腹を訴える音が響いた。

誰にも聞こえていないとは思うけど、そんな音を発してしまったこと自体が恥ずかしい。

もし、電車の中で鳴ってしまったらどうしましょう？

少しだけ、寄り道をしてご飯を食べたほうがいいかもしれないわ。

前に、たんぽぽから教えてもらったハンバーグ屋さん。

とても美味しいから、一度は絶対に行くべきだと彼女は熱弁していた。

折角だし、そこに行ってみるのは……

「いえ、やっぱり帰りましょ」

今の私が一人でハンバーグを食べても、きっと美味しくない。

余計なことは考えないで、お家に帰ってしまおう。

徐々に増えてきた人達と真逆の方向へと進み始める私。

今日も彼は現れなかった。

その事実に、安堵して、……落胆する。

クリスマス・イヴから毎日、帰り道で私に生まれる気持ち。

この気持ちに、整理をつけないといけない。

だから、私がここで彼を待つのはあと一日……大晦日になるまで。

私と彼女の誕生日である大晦日になるまで待って、彼が現れなかったら……

「私は、もうパンジーじゃないもの……」

私の望む、一つの終わりが訪れるだろう。

俺とお前のかくれんぼ

――十二月三十日。

「あら？　雨露、今日もお出かけ～？」

午前八時三十分、玄関で靴を履いている俺の下へ、心なしか可愛らしい足音をたててやってきたのは、我が母……如月桂樹。フルネームから『如』を取ると、『月桂樹』になるということから、仲の良い相手にはそう呼ばれているが、俺からするとただの『母ちゃん』。

年不相応のハート柄のエプロンに関しては……まぁ、いいだろう。

「ああ。もしかしたら、遅くなるかもしれねぇから、そん時は連絡するよ」

「やだぁ～！　遅くなるなんて、ローリエドキドキ～！」

朝っぱらだというのに濃い目の化粧、激しい天然パーマ。

クネクネすると同時に、パーマがうにょんうにょんと暴れまわっている。

こんな母の姿を誰かに見られるかと思うと、雨露ドキドキである。

「でも、雨露はまだ高校生なんだから、節度は持たなくちゃダメよ」

中々ファンキーな性格とビジュアルをしているのに、その辺りに厳しい母であった。

その節度のラインがどの辺りかは分からないが、恐らくそれを突破することはないだろう。

「分かってるよ。てか、そういうんじゃないって」

「そ〜う？」

「そう」

「んふふ！　なら、いいわ！」

理由は分からないが、何やら母が上機嫌になった。

「雨露（あまつゆ）もちゃんと男の子になってるのね！　頑張ってね！　きっと上手（うま）くいくわよ！」

「いや、別に大したことをするわけじゃ……」

「周りから見たらそうかもしれないけど、雨露（あまつゆ）にとっては大したことじゃないの？」

「うっ！　まぁ……、そうかもしれねぇけど……」

「なら、頑張らないと、ね！」

「んぎゃっ！」

元気よく、背中に平手を一発。衝撃の割に、痛みは少なかった。

自分がどんな顔をしていたかは分からないが、母ちゃんは何かを感じ取ったらしい。

頑張って……上手（うま）くいくといいんだけどな……。

昨日までの失敗続きが原因か、自然と重くなる足。もうすぐ出発しなくてはいけないのに、中々玄関の外に出ようとしない自分がいるのもまた事実だ。

こんな調子で……

「きゃっ！　いっけなぁ〜い、コーヒーこぼしちゃったぁ！　ちょっと、お風呂に──」

「いってきまぁぁぁす！」

とりあえず、全速力で家を出発した。

うちの母ちゃんは、普段はスーパー天然パーマが暴れまわっているが、なぜか大量の水を浴びて化粧が取れてパーマもとけると、聖母化する。

あの姿は、別の意味で俺の精神を破壊するから危険なのである。

※

いよいよ、大晦日まで残り一日。

もしも今日中に三色院菫子へ辿り着けなかったら、その時はゲームオーバー。

俺達は、良くて友達、悪くて同じ学校に通う生徒同士という関係になるだろう。

その未来を俺が選ぶ可能性は、零じゃない。

だが、仮にその結論へと至ることになろうとも……いや、その結論に至るべきかを判断するためにも、俺は会わなくてはならない。……全てを語らずに消えてしまった三色院菫子に。

あいつがいる場所を知っている人間は、恐らく誰もいないのだろう。

それでも、ヒントを持つ人物がいることは分かった。

コスモス、サザンカ、ひまわり、あすなろ。

かつて、俺が大切な絆を紡いだ四人の少女が、三色院菫子の居場所に繋がり得るヒントを知っている。……だが、あいつらは四人そろって三色院菫子の味方。

俺がシンプルに教えてほしいと頼んでも、首を縦に振る奴など誰もいないだろう。

では、どうするか？　決まっている。説得するんだ。

何とかあの四人を説得して、ヒントを手に入れる。

そして、『三色院菫子の居場所』へと辿り着く。

短いようで長かった、超特大の難問もいよいよ天王山。

そいつを確実に達成するためにも俺は……


「おはよう、ジョーロ君。今日も、将来性を微塵も感じさせない顔立ちをしているわね。……ふふふ。とても大好きよ」

「むふ！　二日連続でたんぽぽちゃんと過ごせるなんて、如月先輩は幸せ者ですねぇ～！　どうですか？　嬉しすぎて、脳みそのしわがツルツルになってしまうでしょう？」

「ジョーロ、すごいの！　ジョーロのお手伝いをするって言ったら、店番をしなくて済んだの！　私、これからはジョーロのお手伝いをするって言い続けるのぉ～！」

「お待たせ、ジョーロ。少し早い時間の集合だけど、状況を考え……ほぶっ！」

「っしょぉぉぉぉぉぉ!!　……いつつ。ご、ごめん、ホースっち。だいじょう……っしょぉぉおお！　なんで、うちのお尻がホースっちの顔に乗ってるっしょ！　わ！　わわわ‼」

午前九時。昨日に引き続き、俺に協力をしてくれるために集った五人の仲間達。

朝っぱらから、俺を好きとは思えない毒舌をぶちかます虹彩寺菫（パンジー）。

謎のアホ理論で、俺の脳みそを無断でツルツルに仕立て上げる蒲田公英（たんぽぽ）。

店番から逃亡しがてら、無邪気な笑顔でやってきた元木智冬（ヒイラギ）。

ちょっとニヒルに決めようとした直後、ラブコメ主人公力を発揮する葉月保雄（ホース）。

到着しがてら、自らの臀部（でんぶ）をホースの顔面にナイスオンする桜原桃（チェリー）。

この人は、一日一回ホースの顔面に臀部（でんぶ）を乗せないと気が済まないのだろうか？

一度くらい、俺の顔面にもナイスオンしてほしい。

閑話休題。

朝っぱらのプチラブコメディはさておき、今日の説得に於（お）いて一つ問題があった。

それは、根本的にあいつらがどこで何をしているか分からないこと。

直接聞くという手段ももちろんあるが、奴（やつ）らが三色院菫子（さんしょくいんすみれこ）の味方についている以上、それをやった結果、逆に警戒されてしまい教えてもらえないどころか、逃げられてしまう可能性があった。なので、どうしたものかと頭を悩ませていたのだが、

『コスモスさんは、朝から生徒会の引継ぎをプリムラとやってて、サザンカはアイリスや他の子達と遊んでる。ひまわりとあすなろは、お家（うち）の大掃除のお手伝い中かな』

昨日の夜、ツバキから俺に送られてきたメッセージ。

店長業務に勤しみながらも、俺が今後どうするかを把握して、頼れすぎる情報を提供してくれるんだから、やはりツバキはとんでもない。

こうして、無事にコスモス、ひまわり、あすなろ、サザンカの情報を得た俺が最初に説得相手として選んだのが……

「ふふふ……。またここに来ることができるなんて、とても嬉しいわ」

「代替わりした後も後輩の面倒を見るなんて、コスモスっちはえらいっしょ！」

元生徒会長のコスモスだ。

ツバキの情報から鑑みると、家の手伝いをしているひまわりとあすなろは、午前中はそもそも空いていない可能性が高く、サザンカの所在地は漠然としている。

ならば、間違いなく西木蔦高校にいて、会えば確実に話せるコスモスから説得する。

もちろん、確実に成功するという保証などないが……。

「……うまくいくといいんだがな……」

西木蔦高校に集合し、校舎に入り足を一歩進める毎に不安が加算されていく。

コスモス……。乙女チックモードの時は少しアレな一面もあるが、普段は冷静沈着、頭脳明晰な元生徒会長。生半可な相手じゃないことは、俺が一番よく分かっている。

「むふふ！　大丈夫ですよ、如月先輩！　このたんぽぽちゃんの可愛さがあれば、秋野先輩は

『お願いします！　教えさせてください！』と言うこと間違いなしです！」

本当にそうなってくれたら、いいんだけどな。

はぁ……。とりあえずは早乙女桜……プリムラのクラスを目指すことだけを考えるか。

「ねぇ、ジョーロ君。一つ聞いてもいいかしら？」

「どうした？」

「どうして、貴方は早乙女さんのクラスを目指しているの？　生徒会の引継ぎだったら、普通は生徒会室でやるのではないかしら？」

俺の手を握りしめ、身長差から少し上目遣いで尋ねる虹彩寺菫。

その疑問は至極真っ当だが、

「コスモスさんは、二学期が終わったらもう生徒会室に行かないって言ってたんだ。自分がいると、代替わりができてないような気がするからってな。だから、生徒会のことも別の場所……コスモスさんのクラスか、プリムラのクラスでやってるはずだ」

「そうなのね。ふふふ……。できれば、後者のクラスだとありがたいわ」

「なんでだ？　別にどっちの教室も……」

「あの子のクラスには、私も興味があるもの」

「……そっか」

どうやら、三色院菫子から聞いていたお友達の中には、プリムラも含まれていたようだ。

だから、虹彩寺菫は三色院菫子とプリムラが同じクラスであることを知っている。

そして、そのクラスに興味を持つということは……

「ヒイラギだけじゃなくて、同じクラスに他のお友達もいたなんて、成長したわね――なんて、リリス以外にお友達がいなかった私が言える立場ではないわね」

まだ俺は、『虹彩寺菫の目的』に関しては、確信に至れていない。

だけど、少しずつ見えてきたよ。こいつが、何を考えているかが……。

「……っと、そろそろつくぞ」

簡単な雑談をしながら校舎を進むと見えてきた、とある教室。

すると、俺達以外に生徒がいないこともあってか、

「ん～！　むっずかしいなぁ～！　なんか、こう……ズバッと盛り上げられるやつがあるといいんだけどなぁ～！」

「そうだね……。私の時は、特にそういったことは気にしなかったけど、考えるとなると……中々思いつかないね……」

教室の中から、二人の少女の声がよく響いてきた。

「う～ん……。どうせなら、山田にも声をかけるべきだったかもしれないな。山田なら、私とは違った観点で何か提案をしてくれたかもしれないし」

ちなみに山田っていうのは元会計の人だ。

大して重要でもないし、紹介は軽く済ませるぞ。

山田さん、モブキャラ。以上。でも、後でちょっとだけ出てくるような予感はしてる。

「さて、と……」

何となく、教室のドアをノックしたい衝動に駆られたが、ここは生徒会室じゃない。

ノックをする手をやめて、普通にドアを開いた。

「おや？　こんな日にいったい誰が……あ、あれ!?　ジョーロ君じゃないか！」

「およ!?　これは、予想外の乱入者だ！　ジョーロとヒイラギとたんぽぽと……えーっと、ごめん！　ちょっと他の子達は分からんちん！　繚乱祭で会った気もするけど！」

俺達の登場に、素直に驚きを示すコスモスとプリムラ。

私服の俺達に対して、西木蔦高校に来ているということもあってか二人は制服姿。

本当は、プリムラに虹彩寺菫達を紹介したいところだが、

「コスモスさん、こないだぶりです」

「あっ……。うん、そうだね……」

どこか気まずそうに、俺から視線を逸らすコスモス。

その理由は、以前までの絆が失われたことが原因ではないだろう。

すでにコスモスは……

「……ヒイラギさんから、聞いたんだね……」

俺が何のために、ここへやってきたか気がついているからだ。

好都合なのか、不都合なのか、それは今から——

「こりゃ、ちょうどいい！　なぁなぁ、ジョーロ！　ちょいと、相談に乗ってくれんかね？」

なんかプリムラが、やけにハイテンションでこっちにきた。

「あ～、悪い、プリムラ。あんま時間が——」

「実は、三年生の卒業式で在校生がコスプレ送迎なんてしたらいいと思うんだけど、どんなコスプレをしたら盛り上がると思うかね？」

「……なっ！」

バカな！　卒業式で、コスプレ送迎だと⁉

それは、どのレベルのコスプレだ⁉　至って健全なコスプレか⁉

はたまた……

「わたしゃ、結構エロエロのコスプレがいいと思うんだけどねぇ。……にしても、どんなコスプレがいいか分からんのよ！　ありがちなのだと、ナースとかメイド、それにバニーなんてのもあると思うんだけどさ、ここは男のジョーロの意見が聞きたいと思ってね！」

全部、ありだと思います！　もう、全部のせで行きましょう！

おま、エロエロのコスプレとか、どんだけ素敵な卒業式だよ！

「ちゅうわけで、ちょいと生徒会室に来てもらえるかね？　実は色んな衣装をもう用意してあってさ！　そいつを、ここにいる子達に着てもらうってのは……ナイスアイディアだろい？」

「ちょ、ちょっとプリムラさん！　それはダメだよ！　は、恥ずかしいよ……」

きぃぃぃぃ‼　なーにをモジモジしているんだ！

いいから、気にせずにエロエロな衣装にお着替えを……

「あのさ、ジョーロ。何だか随分と息が荒いけど、まさか変なことを考えてたりしないよね？

例えば、本来の目的を忘れて生徒会室に向かうなんて……」

「はっ！　考えるわけねぇだろ！」

「そ、そうかな？　何だか、目が尋常じゃなく血走っているような気がしたんだけど……」

大丈夫だ。俺は至って冷静で健全な男子高校生。

もちろん、エロエロな衣装に興味がないと言えば嘘になるが、状況は分かっている。

「おいおい、ホース。さすがに俺もそこまでバカじゃねぇよ」

ここから生徒会室に移動して、こいつらに着替えてもらうなんて手間がかかりすぎる。

そんなことをしている暇があったら、間違いなくコスモスの説得を優先すべきだ。

「プリムラ、わりぃがそっちに付き合ってる余裕はねぇんだ」

「ありゃ？　そうかい？　ん～、残念だけど、了解だ！」

「さすがに、ジョーロもそこまでバカじゃないか。疑っちゃって、ごめんね……」

「ははっ！　気にするなよ、ホース！」

俺の目的は、三色院菫子の所在地に繋がり得るヒントを得ること。

それを達成すること以外、何一つ考えるつもりはなくこの場に立っている。

だからこそ……

「むむむ！　何やらもよおしてきたぞ！　わりぃな、みんな。ちょっとお花を摘んでくるから、少し待っててもらえるか？」

「え？　うん。分かったよ……」

「その間、こっちは任せたぜ！　すぐ戻るからさ！」

まったく……。タイミングが悪いこと、この上ないな。

まさか、このタイミングでお花を摘みたいような気がしてしまうなんて。

俺は、少し急ぎ足で教室の外へと出ていった。


「ふぅ……」

ドアを閉め、教室から三歩ほど歩いたところで深呼吸を一つ。

仮に、今から俺が生徒会室に向かっても、エロエロな衣装だけが配置され、それを着る美少女達は誰もいない。だから、一見すると意味がないようにも思えるが……

意味はしっかりとあるんだなぁぁぁ!!

今、生徒会室には美少女が誰一人としていない⁉　そんなの関係ねぇ！

俺には、零から無限を創り出す、素晴らしい御方がついているのだから！

それでは、皆々様！　長らく、長らぁぁぁぁぁくお待たせいたしましたぁ‼

本来であれば、必ず行われていた偶数巻のお約束！　されど、ぶち込めなかった十四巻！

そのフラストレーションがたまっていないと思ってか？　たまらぬわけがない！

今度こそ……今度こそは、偉大なる御方の力を顕現させようではないか！

……しかし、どうする？　見開くか？　見開くべきなのか⁉

最終巻だぞ⁉　最終巻の貴重な見開きをここで使っちまっていいのか⁉

言わせていただきましょう！　いいんです！

エロエロなコスプレ送迎。様々なエロスが入り乱れし狂乱の宴。

そこを片面で表現するなど愚の骨頂！　俺は沢山の美少女のエロエロのコスプレがみたい！

え～……。それでは、いよいよ……偉大なる御方の力を拝借しちゃいますぞ‼

ふぉぉぉぉぉぉぉぉぉぉ‼

親愛なる我らが世界の支配者(イラストレーター)……神様(ブリキ)！　我に大いなる力を与えたまえ！

たんぽぽ

ばんざぁぁぁぁぁぁぁぁい!!

よかった！　いったい、どんなコスプレか分からなかったけど、どれもこれも素敵極まりないコスプレだった！　絶妙なラインが最高だった!!

だよね！　折角登場したんだもんね！　虹彩寺菫(パンジー)がいないわけないよね！

おまけで、ここにいない美少女達も盛り沢山じゃないですか!!

いぃぃぃぃぃぃぃやっほぉぉぉぉぉぉぉぉう!!

※

「コスモスさん、三色院菫子(さんしょくいんすみれこ)から聞いた話を俺に教えてくれませんか？」

静まり返った教室で、厳格な表情を浮かべた俺は、その表情通りの言葉を発する。

『三色院菫子(さんしょくいんすみれこ)の居場所』へ辿(たど)り着く。

俺は、その目的のためだけに行動し、他の不要なことは一切しないと決めているから。

「ジョーロ、何か変なの！　さっきまで、とってもとってもダラしない顔だったのに、いきなり真面目な顔になってるの！」

ヒイラギ、うるさい。

とても真面目な話をしているのだから、静かにしていなさい。

「まぁまぁ、ヒイラギ。気にすんなってぇ～！　とりあえず、静かにしときぃ～！」

「分かったの……。じゃあ、私はプリムラちゃんに甘やかしてもらうの！　プリムラちゃん！　私、とってもとっても頑張ったのぉ～！」

「お～。よしよし。偉いぞ、ヒイラギィ～」

同じクラスということもあって、ヒイラギはプリムラとも仲が良いらしい。

ともあれ、そんなことよりもコスモスだ。

ここで、すんなりと教えてくれればいいのだが、

「仮にその件を伝えているとしたら、以前に会った時に伝えていると思わないかい？」

だよな……。んな甘い話じゃねぇのは、分かってたよ……。

先程までと比べて鋭い瞳。そこには明確な敵意が浮かんでいるような気がした。

けど、それで諦められるような話じゃねぇんだ。

「だけど、教えたかったら教えてもいいって言われてるって……」

「つまり、教えたくないから教えないというわけだね」

その通りだ……。

もし、コスモスが最初から教えるつもりだったら、少し前に会った時に俺へそのことを伝えてくれていたはずだ。だけど、コスモスは俺に伝えていない。

その理由は、

「今の君と私は、以前とは違う関係だ。関係が変わった以上、考えも変わる」

ってことなんだろうな……。

「むっふー！　秋野先輩はけちんぼです！　どうですか？　ここは、私の可愛さに免じてちょちょいのちょいっと教えてくれるというのは？」

「たんぽぽさんにだけなら、教えても構わないよ」

「本当ですか!?　では、早速――」

「だけど、それをジョーロ君に伝えないことが条件かな」

「ひょわ！　それだと、聞いても意味がなくなっちゃいます！」

穏やかな笑みを浮かべたコスモスが、少しだけいじわるな返事をする。

だけど、そこには先程俺へと向けていた敵意のような感情はない。

やっぱ、俺だけ違うんだな……。

「あの、コスモスさん。どうして、そんなに教えたくないんですか？」

「私には私の事情があるからだよ、ホース君」

「なら、先にその事情を教えてもらえると……」

「生憎と、そこまで親切にはなれないね」

「……ですよね」

ホースも撃沈。

分かっていたことではあるが、生徒会長モードのコスモスはほぼ無敵に近いな。

普段の乙女モードだったら、まだ少しくらいはやりようがあるんだが……

「話は終わりかな？　それなら、今すぐ出て行ってくれたまえ。私がここにいるのは、プリムラさんと卒業式についての話をするためだ。決して、ジョーロ君に私の知っていることを教えるためではない。……ジョーロ君、君はここでは邪魔な存在なんだよ」

まだまだ先が長いってのに、一発目からこの有様かよ……。

「ねぇねぇ、コスモスっち。少しいい？」

「どうしたんだい、チェリーさん？」

「さっきから、な～んか変じゃない？」

チェリーの奴、突然何を言い出してるんだ？

別に、コスモスは変なところなんてねぇだろ。通常の生徒会長モードだ。

「そうかな？　私は、別にいつも通りの――」

「ジョーロっちにだけ、ちょっち厳しすぎると思うっしょ」

いや、そりゃ当たり前だろ。

コスモスは三色院菫子に協力してるんだ。

だから、必然的に俺に対しては厳しく……

「……っ！　い、いえいえいえ！　め、滅相もございませんぞ！　小生は、普段通りなちゅらあ～るな姿勢を維持して……」

うん。どういうことか、説明してもらってもいいかな？

なんで侍になっちゃったの？　動揺するポイント、なかったよね？

「あのさぁ、コスモスっち……。もしかして、ジョーロっちを怒らせようとしてない？」

「ぴょえ⁉」

落ち着け、コスモス。もはやそれは、侍ですらない。

……で、なんで、コスモスが俺を怒らせようとするわけ？

「あーっ！　やっぱり！　ジョーロっちが少し余所余所しい態度なのが寂しいから、怒らせて普通に話してもらいたいんでしょ？　ちょっち前までは敬語も使ってなかったしねぇ～！」

「ち、違うよ！　別に私は、そんなことを気にして――」

「そういやコスモスさん、さっき言ってたぜぃ！　『もうすぐ卒業なのに、ジョーロ君が以前とは違う態度になって寂しい』って！　ありゃ、そういうことだったのか！」

「ちょっ！　プリムラさん！」

おいおい、ちょっと待て。

俺はてっきり、コスモスがヒントを教えてくれないのは、三色院菫子に協力しているからだと思っていた。だけど、実際は……

「つまり、さっき僕に言ってた『私の事情』って、『ジョーロが敬語で話してる』ってこと？」

「もしかしたら、以前に会った時も、同じ理由でコスモス先輩はジョーロ君に厳しかったのかもしれないわね。何とかジョーロ君を怒らせて、敬語をやめさせるために……」

「あっ！　あぅぅぅ……」

しょーもなっ！　いや、マジでしょーもなっ！

こいつは、なんっつー理由で重要な情報を秘匿してるんだよ！

「なんだよ、それ……」

「ジョーロ君。貴方にとっては大したことではないかもしれないけど、コスモス先輩にとっては大切なことだったのよ。……以前に、似たような経験をしたことはないかしら？」

「……むぅ」

分かってるよ。一学期……、まだ俺が鈍感純情ＢＯＹを演じていた頃、一人だけやけに毒舌をかましてくる女がいた。俺はソレが嫌で嫌で仕方がなかったが、その毒舌の目的は……俺の本性を引き出すためだったんだよな……。

「そ、そうなんだ……。私は、たとえ関係が変わってしまっても、ジョーロ君に敬語をやめてほしくなかった。皆の中で私だけが三年生で、少しだけ蚊帳の外に置かれているような気持ちになって……」

「うしし！　うちも、その気持ちはすっごくよく分かるっしょ！　たった一年なのに、それがすっごく大きな違いになっちゃうんだよねぇ～！」

観念して事情を話すコスモスと、どこか楽しそうに笑顔を浮かべるチェリー。

同い年……同じ三年生だからこそ、チェリーはコスモスの気持ちに気がつけたんだ。

非常にありがたく感謝をしているのだが……

果たしてこの人は、普段のドジ神様と同一人物なのだろうか？

昨日といい今日といい、頼りになりすぎて怖い。

「さぁ、ジョーロっち！　あとは、君がやるべきことをすれば、コスモスっちは――」

「むびゃぼっ！」

「あっ！　ごめん、たんぽぽっち！　振り向きざまに、ついエルボーを！　だ、大丈夫⁉」

よかった。いつものチェリーだった。

して、俺がやるべきことか。

それをコスモスが望むなら、全然構わないんだけどさ……

「ジョーロ、早く敬語をやめるの！　コスモスさん、かわいそうなの！」

「そーだ、そーだ！　敬語をはやくやめろぉ～！　うくくく……」

「ジョーロ、コスモスさんの気持ちを尊重してあげなよ」

「私もコスモスさんの気持ちはすごくよく分かるから、お願いを聞いてあげてほしいわ」

やりづら！　まじで、やりづら！

なんで、こんな注目されてる中で、コスモスへの敬語をやめにゃならんわけ⁉

次に会った時にやめるから、今日のところは……

「ジョーロ君に、敬語をやめてほしいなぁ～」

はい！　なんか、すっげぇキラキラした目で見てきました！

完全に、乙女モードに突入しちゃってます！

あぁぁぁぁ！　もう！　分かったよ！　やめればいいんだろ！　やめれば！

「あ～、あのよ……コスモス……」

「……名前は呼んでくれないの？」

ガァァァアッデム!!　調子に乗ってんじゃねぇぞ！

もはや、それは要望じゃなくて命令だからな！

「そ、その……さ、桜」

「わぁぁぁぁぁ!!　うん！　何かな、ジョーロ君！」

リアクションが大袈裟なんだって！　そんな嬉しそうな顔しないでいいから！

「アホの師匠！　ジョーロがどうしてコスモスさんを名前で呼びたかったか分からないの！

説明してほしいの！」

「むふ～……。この恋愛マスターたる私をもってしても、理解できかねます。いったい、なぜ
如月先輩は名前呼びにこだわりを……」

俺が、呼びたかったわけじゃねぇから！　事実を歪曲してんじゃねぇよ！

落ち着け、俺！　目的のため！　目的のためだ！

「桜、三色院菫子から聞いていることを、俺に教えてくれねぇか？」

「〜〜〜っ!!　や、やったぁぁ……」

乙女チックに喜びをかみしめる仕草だけは可愛いんだよね。そこだけは。

「……はっ！　こ、こほん！　あ〜、ジョーロ君。その前に一ついいかな？」

自分が乙女チックモードに入っていたことに気がついたようで、咳ばらいを一つ。

切り替えの速度が尋常ではないが、今はそこを気にすべきではないのだろう。

「どうして、君は彼女に会いたいのだい？　君のそばには、パンジーさんという素敵な女性がいる。わざわざ、そこまでする必要はないと思うのだが？」

年不相応な妖艶な瞳が、俺を試すように見つめている。

……そうだな。コスモスの言うことにも一理ある。

今、俺には虹彩寺菫という俺には分不相応な恋人がいるんだ。

なのに、三色院菫子を探す理由は……

「一言、文句を言ってやらねぇと気が済まねぇんだ。みんなを巻き込んで、こんなとんでもないことをしやがったあいつに思い切り文句を言う。全部スッキリさせてから、次の一歩に踏み出す。だから、俺は三色院菫子に会いてぇんだ」

「……そうなんだね」

穏やかな笑み。それは、俺の言葉がコスモスへと届いたことを証明しているような気がして、こんな状況にもかかわらず、俺はつい心臓が高鳴ってしまった。

「正直に言うと、私もどうしたらいいか分からなかったんだ……。彼女がやっていることが間違えているのは分かっている。でも、大切な友達のすることだ。私は、それに協力すべきではないかと。でも……」

どこか複雑な表情で、自らの気持ちを語るコスモス。

きっと、三色院菫子（さんしょくいんすみれこ）の話を聞いた時から、ずっと悩んでいたのだろう。

いったい、自分はどうするべきなのかを……。

「生徒が間違えたことをするのであれば、時には厳しく正さないといけないよね！　たとえ、代替わりしたとしても、私は生徒会長！　その気持ちは忘れていない！」

乙女モードの子供らしさと、生徒会長モードの大人びた、二つの魅力を併せ持つ綺麗（きれい）な笑顔を浮かべてコスモスが俺を見つめる。

「ジョーロ君、今まですまなかった。これからは、私も君に協力するよ。もちろん、私が知っていることは全て伝える。……だから、必ず彼女を見つけてほしい！」

「もちろんです」

「ふふふ……。なら、伝えさせてもらおうかな。彼女がいる場所、それは……」

「『幸せと不幸を同時に生む場所』！　これが、私が教えてもらったヒントだよ！」

だから、どこだっちゅーの？

※

「疲れた……。初っ端から、マジで疲れた……」

午前十一時。西木蔦高校をあとにした俺達は、次なる目的地に向けて移動を開始していた。

あの後、コスモスはやけに満足げな笑顔を浮かべて、『必ず、彼女を見つけてあげてくれ！きっと、ジョーロ君が来てくれるのを待っているから！』と、俺達の背中を押す言葉を残してくれたが、それで俺の疲労が解消されることはなし。

ついでに、まだ三学期が残っている中で、コスモスに対して敬語をやめつつ、名前呼びをしなくてはならないという十字架を背負う羽目になった。

「うーん。情報は増えてきたけど……ジョーロ、どこか見当のつく場所ってある？」

「いや、どこも思い当たらねぇ……」

現状、俺達が手に入れたヒントは三つ。

一つ目が、チェリーのヒントから予想として打ち立てた、『如月雨露と三色院菫子だけに関係する場所』。

二つ目が、ヒイラギが三色院菫子から聞いた、『如月雨露が余計なことをした場所』。

三つ目が、コスモスが三色院菫子から聞いた、『幸せと不幸を同時に生む場所』。

この三つに共通する場所は…………あるにはある。

西木蔦高校だ。

あそこなら、俺と三色院菫子にだけ共通する場所はあるし、俺が余計なこともしているし、幸せと不幸も同時に生んでいる。

だが、西木蔦高校に三色院菫子がいないことは確認済みだ。

コスモスからも、『私も空いている時間で探してみたのだが、彼女は西木蔦高校のどこにもいなかったよ』と、追加のアドバイスまで手に入れられているから間違いない。

つまるところ、まだまだ情報不足。

俺達は残るヒントを持つ人物と会って、必ずそのヒントを手に入れなければならない。

のだが……、

「ジョーロ、私、お腹空いたの！　お昼ご飯、食べたいの！」

「私もヒイラギさんに賛成です！　腹が減っては戦ができぬ！　ここは、昨日も行ったハンバーグ屋さんへもう一度行き、三色院先輩が来るのを待つ作戦を実行しましょう！　むふ！」

「うちもさんせー！　まずはご飯だよね！　ご飯！」

「確かに、もういい時間ですしね。僕も賛成です」

「私もよ。みんなで一緒にご飯……。ふふふっ。とても楽しみだわ」

こいつら、やる気あるの？

……いや、あるとは思うのよ。

わざわざ朝っぱらから、俺に付き合って西木蔦高校にまで来てくれてるし、チェリーに至っては、俺にヒントをもたらしてくれたり、コスモスの説得に一役買ってくれたりと大活躍だし。

だけど、そんな悠長なことを言っていられる場合じゃないよね⁉

俺は、どうにか今日中に三色院菫子のいる場所に行かなきゃいけないんだよ⁉

「では、そうと決まればハンバーグ屋さんに――」

「あっ。ちょっと待って、たんぽぽ。ハンバーグ屋さんもいいんだけどさ、少し前にできたピザ屋さんにしない？　僕、あそこには一度行ってみたいと思ってたんだ」

「ひょわ！　新しいピザ屋さん！　それは、非常に興味が惹かれます！　ですが、ハンバーグ屋さんも……むふぅ～！　いったい、どうすれば……」

「私、ピザ屋さんがいいの！　前に、とってもとっても美味しいピザ屋さんがあるって教えてもらったから、一度行ってみたかったのぉ～！」

「むふぅぅぅ～！　ハンバーグとピザ……悩ましいです……」

「可愛いすぎるたんぽぽに、僕のお願いを聞いてほしいなぁ～」

「んもぉ～う！　仕方ないですねぇ～！　なら、特別にピザ屋さんにしてあげちゃいます！」

本当に楽しそうだな、てめぇらは！

ホースに至っては、軽いキャラ崩壊までしてるじゃねぇか！

ハンバーグ屋もピザ屋も行かねぇよ！　昼飯なんて簡単に済ませて――

「ジョーロ君、私は無性にピザ屋さんに行きたくなってしまったわ。そこに行けば、あの子に繋がる素敵な情報をまた新しく貴方に提供できるかも……」

それを言われたら、もはやどうしようもなくなるでしょうに！

西木蔦高校では大人しくしていると思ったが、今日も絶好調だな！

「歩きながら食べるという選択肢は？」

「ないわね。私はジョーロ君とお隣同士でピザを食べることに、並々ならぬ興味を示してしまっているもの。……ふふ。一緒に食べさせ合いっこをしましょうね」

きぃぃぃぃ！　腹の立つことに可愛いな、おい！

「ええ、その通りよ。……ホース君」

「なんだか虹彩寺さん、楽しそうだね」

「え⁉」

おいおい、どうしたんだ、虹彩寺菫の奴？

昨日までは、ずっとホースのことを『葉月君』って呼んでたのに、なんで突然……

「あ、えーっと……、ど、どうしたのかな？」

これにはホースも予想外だったようで、少しうろたえた様子が見える。

恐らく何かしらの理由があるとは思うのだが……

「お友達は、アダ名で呼び合うものでしょう？」

「……っ！」

これは、素直に驚いた。まさか、虹彩寺菫（パンジー）がホースを……。

「ふふふ……。これも、あの子が経験してきたことなのかもしれないわね」

そうだな……。三色院菫子（さんしょくいんすみれこ）は、別に俺とだけ過ごしてきたわけじゃない。

むしろ、一番多かったのは……

「沢山のお友達と過ごす時間。私達がずっと夢見て、叶（かな）えたかった希望の一つ。経験してみると、全然違うのね。私が思っていたよりも、ずっとずっと……素敵な時間だもの」

どこか照れくさそうな笑顔を俺以外のメンバーへと向ける虹彩寺菫（パンジー）。

「ありがとう、ヒイラギ、たんぽぽ、チェリーさん、……ホース君」

そんな虹彩寺菫（パンジー）に対して、他の奴（やつ）らはやけに嬉（うれ）しそうな顔をしていて、

「お礼なんていらないの！　私も、とってもとっても楽しいの！」

「むふふ！　そうですよ！　楽しいのはお互い様！　だから、お礼なんていりません！」

「うしし！　今度はリリスっちとつきみっちも誘って、一緒に遊ぼうね！　楽しいことは、ま

だまだいっぱいあるっしょ！」

「まぁ、その……なんだか改まって言われると恥ずかしいけど……こちらこそ、ありがとう。えーっと……パンジーちゃん」

少しずつ育まれていく虹彩寺菫（パンジー）の友情に、俺もどこか嬉（うれ）しい気持ちになってしまった。

「さ、行きましょ、ジョーロ君。また一つ、私の目的が達成できたから、ピザ屋さんに着いたら一つ新しいことを教えてあげるわね」

「お、おう……。分かったよ……」

※

「タイムリミットは、今日の十八時までよ」

「ぶぼっ！」

現在時刻は、十二時十五分。現在地は、ホース提案のピザ屋さん。十二月三十日という年の瀬にもかかわらず非常に混雑していて、ほぼ満席。空いているのは、俺達の隣のテーブルだけ。

そこで、虹彩寺菫（パンジー）がとんでもない情報を口にした。

「ジョーロ君、突然、ピザをぶちまけないでもらえないかしら？　汚いわよ？」

「てめぇが、いきなりとんでもねぇ情報をぶちまけたからだろが！」

「ひどいわ。とても嬉しかったから、お礼に知っていることを教えたのに……」

ありがたい話だけど、その情報を聞いてもただ困ることしかできねぇから！

は？　十八時!?　いや、もう少しくらい余裕があると思うじゃん！

たとえば、こう大晦日になる直前で俺が到着！　ギリギリ間に合ったぜ！

みたいな、エンタメ感あふれたパターンも念のため想定して……

「ジョーロ君。常識的に考えて、そんな時間まで女の子を一人で待たせるのは、失礼過ぎると思うわ。その瞬間のロマンチックより、それまでの苦労を考えるべきよ」

至極真っ当なエスパー正論ですね、こんちくしょう！

つか、やべぇぞ……。現在時刻は、十二時十七分。俺の勝手な思い込みで、今日中に辿り着ければいいと思っていたが、残り時間が一気に半分になっちまった。

それまでに、サザンカとひまわりとあすなろからヒントを手に入れて、更にそのヒントを基に三色院菫子がいる場所を特定して向かわなきゃいけねぇのかよ！

「……つか、なんで十八時なんだよ？」

「それは分からないわ。でも、最後に会った時に『毎日、十八時まではそこにいる』と言っていたから、間違いないわ」

「マジか……」

てか、ちょっと待てよ。

もし、それが本当だとするなら、十八時になったら三色院菫子は家に帰るってことだよな？　なら、そのタイミングを狙って、あいつの実家に突撃すれば……

「ジョーロ君、その手段をとったらまずいのは、よく分かっているわよね？」

はい！　追加でエスパられましたぁ！

分かってます！　分かってますよ！　ズルはしちゃダメなんでしょ！

どこにいるか、ちゃんと分かってほしいとかそういうやつでしょ！

まじ、めんっどくせぇぇぇぇ‼

「むふぅ～ん。このマルゲリータ、とっても美味しいです！　葉月先輩、ナイスチョイスですよ！　ナイスチョイス！」

「そう言ってもらえると、嬉しいな。……うん。本当に美味しいね」

「これは、また来ること確定っしょ！　目指せ、全種類制覇っしょ！」

「ん～！　トロトロのジュワジュワなのぉ～！　パンジーちゃん、こっちのペスカトーレも食べるの！　とってもとっても美味しいのぉ～！」

「ええ。分かったわ」

ねぇ、何とんでもない情報の後に、和やかにピザ食べちゃってるの？

もはや、今すぐにでも行動をせにゃならん状況だろ！

「ジョーロ、落ち着いて。そんなに慌てても、逆に上手くいかないよ」

「けどな、ホース。このままだと、間に合わない可能性が……」

「なら、君はサザンカちゃんがどこにいるか分かっているの？」

「うっ！」

その通りだ……。

今回の説得に於いて、一人だけ発見が非常に困難な奴がいる。

サザンカだ。

コスモスに関しては、すでにヒントを得ることができたから問題なし。

ひまわりとあすなろも、どうすれば会うことができるかの算段は立っている。

だけど、サザンカだけはその方法が思いついてねぇんだ……。

ツバキから教えてもらった、『サザンカの予定』。

アイリスや、他のカリスマ群の皆様と遊んでいる。

だが、それこそが問題なんだ。

サザンカは一ヶ所にとどまらず、様々な場所を移動している可能性が高い。

加えて、俺や他のメンバーから連絡をして会いたいと伝えたとしても、こっちが何を企んでいるかを見抜いて、会ってくれない可能性が高いだろう。

だからこそ、理想はこっちがサザンカのいる場所に向かうことなんだが……

「分からねぇんだ……。サザンカだけは、どこにいるかさっぱり……」

「だよね」

確実に前進はしている。だけど、時間が足りねぇ……。

どうすりゃ、サザンカと会うことが……

「なら、そろそろ僕も役に立つところが見せられるかな」

「は？」

なんか、凄まじいドヤ顔をホースがしているのだが、いったい何を考えているんだ？

「ホース。もしかして、サザンカがどこにいるか知ってるのか？」

「いや、知らないよ。でも、彼女を探す必要はないと思ってる」

「なんでだよ？　サザンカを見つけられなきゃ、場所のヒントが……」

「ジョーロ、ここに来るまでのことを思い出してよ。僕はどこで昼食を食べるかで、このピザ屋さんをすごく推していたでしょ？」

確かに、随分とキャラの違うことを言ってるなとか思ったけどさ。

ん？　それって、まさか……

「僕には僕の得意なことがある。君に絶対に負けないことが一つだけある。それは……」

「ご都合主義に、愛されてるってことさ」

「すみませーん！　六人なんですけど、入れますか？」

直後、俺が聞き慣れた、少し勝ち気な少女の声が店の入り口から聞こえてきた。

それが誰かなんて、確認するまでもない。やってきたのは、

「はぁ!?　サ、サザンカぁ!?」

「え！　ジョーロ、あんた何でこんな場所にいるのよ!?」

俺のクラスメートである、サザンカこと真山亜茶花。

そして、カリスマ群の皆様と、アイリスの恋人であるミント君だ。

驚く俺達の中で、ただ一人自信満々の笑顔を浮かべるホース。

いやいやいや！　ご都合主義に愛されてるからって、これはやりすぎだろ！

なんで、こんな絶好のタイミングでサザンカが……

「実は、昨日西木蔦高校に来る前にサザンカちゃん達を見かけてね、その時に聞いてたんだ。

『明日のお昼はここのピザ屋さんに行こう。三十日だから、いつもより簡単に入れるはず！』

ってね。まさか、こんな形で役に立つとは思わなかったよ」

すっげぇぇぇぇ!!　いや、ほんとすっげぇな!!

ご都合主義って味方につくと、こんなに便利なのな！　知らなかったわ！

「席が離れたらどうしようかと思ってたけど、さすが僕だね。まさか、僕達の隣のテーブル以外が全部埋まってるなんてさ」

ほんと、それな。

なんていうか、役に立たないとか思ってごめんなさい。むしろ、大活躍です。

「こ、こんな所で偶然ね！　まさか、あんた達がいるとは思わなかったわ！」

そうだね。君にしては珍しく、本当に『偶然』出会ったもんね。

実は、偶然を必然に変えた主人公がいるのはさておき……。

「じゃあ……座るわよ！　座るからね！」

なぜか念入りに確認した後、サザンカやカリスマ群の皆様は俺達の隣のテーブルへと着席。

すると、カリスマ群の皆様が、

「きた！　きたよ！　第二次サザンカチャンス！　これを逃す手はないって！」

「最近、やっと元気が出てきたもんね！　その勢いで、ガンガン攻めていこう！」

「いける！　いけるよ、サザンカ！　きゅんからのぎゃきゅんだよ！」

「狙うなら……今を於いて他にな～し！　どんどんいっちゃおう！」

何やら、とてもハッスルされていらっしゃる。

「ちょっとあんた達、うっさい！　静かにしててよね！」

顔を真っ赤にして、カリスマ群の皆様を怒鳴るサザンカだが、効果はなし。

他の四人は、ニヤニヤした表情でサザンカを見つめるだけだ。

「とにかく、まずは注文を決めるわよ！　ほら、早く！」

顔を真っ赤にしながら、メニューをテーブルに叩きつける。これ以上やるとまずいと判断したのか、カリスマ群の皆様もサザンカと一緒にメニューを確認。

ただ、その間手持無沙汰だったのか、

「如月せんぱぁ〜い！　久しぶりです！　元気そうで、安心しました！　すごく心配してたんですからね！」

アイリスの彼氏のミント君が、ナイスウインクを飛ばしてきた。

大丈夫。彼はあくまで、俺を先輩として慕っているだけ。

第一、彼にはアイリスという素敵な恋人がいるんだ。俺に対する感情なんて——

「この人は、危険人物かもしれないわね……」

ちょっと、虹彩寺菫さん。お静かに。

「ジョーロ、僕ができるのはここまで。あとは、君次第だよ」

分かってるよ。ちょっと予想外のことで動揺はしたが、本来の目的は忘れちゃいねぇ。

俺がすべきこと。それは……

「なぁ、サザンカ。一つ、頼みがあるんだけど、……いいか？」

「教えないわよ？」

「ぐっ！　い、いや、まだ何も言って——」

「ヒイラギがいる時点で分かったわよ。あんたは、あの子がどこにいるかを知りたい。だから、私が知ってることを教えてほしいんでしょ？」

「お、おう……」

大丈夫だ、ここまでは予想の範疇。

サザンカに於いて、俺が最も頭を悩ませていたのは、『どうやって、サザンカと会うか』という一点のみ。もし会えた時のことは考慮して、説得のプランは完璧に練ってある。

少し前に説得をしたコスモスは、俺が敬語で話していたからこそ情報を伝えなかった。

つまぁ～り！　サザンカにもこれを適用すれば……

「亜茶花ぁ～、頼むぜぇ～。お前の知ってることを教えてくれぇ～」

これよこれ！　一回やっちまえば、関係ねぇ！

恥も外聞も捨て去り、代わりにビブラートを混入してやってやったわ！

どうだ、サザンカ！　これなら、思わず情報を――

「きっもっ！　うわっ！　きっも！」

「きもいっしょ……」「むふぅ～。気持ち悪いです……」「きもいわね」「ジョーロ、変なの！」

「これはひどい……」「「「あんびりーばぼー……」」」「わぁ～！　如月先輩、かっこいい！」

ひどい反応である。

恥も外聞も捨てて挑んだというのに、罵詈雑言の嵐が飛んでくるとはこれいかに？

唯一褒めてくれたのは、ミント君だけ。……うん、まぁ、ありがとう……。

「ジョーロ、もしかして、自分がかっこいいと思ってない？」

「はうっ！」

「ジョーロ君、安心してちょうだい。私は、貴方(あなた)の腐ったミカンの皮のような外見ではなく、傷んでどうしようもないミカンの中身に惹(ひ)かれたの。だから、自信を持って……」

フォローになってねぇぞ。外見も中身もダメじゃねぇか。

「い、いいじゃねぇか、こんぐらい！　とにかく、サザンカに教えてほしいんだって！」

打ち立てていた作戦が見事に失敗し、もはややけくその挑戦。

しかし、そんなものが通じる甘い相手ではなく、

「嫌よ。あたしは、あの子に協力するって決めてるの。だから、教えない」

容赦なく、俺の希望を打ち砕くのであった。

まずい……。まったく可能性がないわけではないと思うが、いかんせん手段が思いつかん。

昨日今日と、頼りになりすぎて困るチェリーに視線を送るが……

「あぁぁぁぁ!!　よし！　ナイスキャッチっしょ！　……って、あぁぁぁぁ!!　服がベタベタになっちゃったっしょぉ～……」

どうやら、いつものドジ神様になってしまっているようだ……。

ピザを同時に二枚、手から滑らせて胸部でナイスキャッチ。

服の上からではあるが、中々お目にかかれないピザブラを披露している。

どうやったら、そこでキャッチができる？

「話はそれだけ？　だったら、この話はもうおしまいよ」

「「「…………」」」

カリスマ群の皆様は、サザンカに対して少し複雑な視線を送ってはいるが、俺の味方になってくれるわけではなさそうだ。

「ねぇねぇ、それよりさ、春休みに何をするか話そうよ！　あたしね、みんなでやりたいことがいっぱいあるんだ！」

「とってもとっても素敵なの！　私も、みんなで一緒に遊びたいのぉ〜！」

「でしょ？　ちなみに、ヒイラギは何がしたい？」

先程までの俺の話は終わりを告げ、次に話されるのは春休みのこと。

穏やかな笑顔のサザンカと無邪気な笑顔のヒイラギ。

サザンカの言う『みんな』には、きっと三色院菫子も含まれているのだろう。

だけど、その時に俺とアイツは……

「んーっと……あっ！　私、綺麗な夕日が見たいの！」

そういえば、前にサザンカと二人で過ごした時に見た夕日は綺麗だったな……。

まぁ、真山のおっさんが突然来ちまったのが原因で、二人では見られなかったけど……、それでも、あの公園から見た夕日は今でもよく覚えてる。

「夕日？　なんか意外な提案ね。どうして、ヒイラギは……」

「前にサザンカちゃんが言ってた夕日が見てみたいからなの！」

って、まさにその夕日のことかい！

……うん。ちょっと待とうか。何か、やけに共通点多くね？

今の夕日の話もそうだが、そもそもここのピザ屋も前にサザンカと俺が二人で来た……

「サザンカちゃんの言うことに、間違いはないの！　前にサザンカちゃんが『ジョーロと二人で行こうと思ってるんだ！』って言ってたここのピザ屋さんのマルゲリータとペスカトーレもとってもとっても美味しいし、公園の夕日も、とってもとっても綺麗に違いないのぉ～！」

はい。そういえば、あの時もマルゲリータとペスカトーレでしたね。

「ちょ、ちょっと待って、ヒイラギ！」

おっと、サザンカさんの顔が真っ赤に変貌しましたな。

もしかしてだが、このままいけば……

「ほ、他の内容！　他の内容にしなさい、ヒイラギ！　夕日はダメ！」

「あぅ……。分かったの……。……じゃあ、おっきな観覧車のある遊園地に行ってみたいの！　サザンカちゃんが、一番上に行ったらそこでチューするって言ってたとこ！」

「ヒイラギぃいいいいいいい‼」

いいぞ、ヒイラギ。もっとやれ。

「こ、この話はおしまい！　何か別の――」

「よぉ～し！　俺も春休みの予定を無性に打ち立てたくなってきたぜ！　なぁ、ヒイラギ！　他にもやりたいことって何かあるか？　主に、サザンカが言っていたことで頼む！」

「いっぱいいっぱいあるの！　サザンカちゃんは――」

「ダメ！　それ以上は、言っちゃダメ！　別の話にするわよ！　別の話に！」

「つまり、さっきの話に戻っていいってことか？」

「……はっ！」

いいさ、サザンカ。てめぇが情報を言いたくないなら、言わなくてもいい。

けどな、その場合は……

「ウキキキキキ！　さぁ、サザンカ、選びやがれ！　このまま春休みの予定を話し続けるか、はたまた素直に俺へ情報を伝えるか！　俺はどっちでもいいんだぜぇ～？　このまま、根掘り葉掘り全てをさらけ出してくれるわ！」

「あ、あんた汚いわよ！　そういうのは……」

「ジョーロ、大丈夫なの！　サザンカちゃんは、ジョーロのちょっとずるいところも好きって、前に言ってたの！」

「きゃあぁぁぁぁぁぁ!!」

店内に響きわたるサザンカの絶叫。

なぜかドン引きした視線を俺に送る、他の面々。止まらないヒイラギ。

そんな状況で混乱したサザンカは……

「わ、分かったわよ！　教えるわよ！　教えればいいんでしょ！　……うぅぅ。最初から、ちょっとイジワルをしたら言おうと思ってたのに……」

どうやら観念したらしい。おまけで、最初から教えてくれるつもりでもあったようだ。

何か、ちょっと悪いことをしたかもしれん。反省はしてないけど、心で謝罪はしておこう。さーせん。

「でも、教える前にジョーロが教えなさい」

「へ？　俺？」

左手の小指で頬をかきながら、どこか照れくさそうに俺を見つめるサザンカ。何となく、まだサザンカがギャルファッションだった頃に、学食で話した時のことが思い出された。

「あの子のこと、どう思ってるわけ？　あの子は、あんたに会いたくない気持ちもあるからいなくなった。あの子は、あんたにずっと大切なことを隠し続けていたのよ」

言われてみりゃ、とにかく見つけることばっか考えて、そっちは考えてなかったな。

俺が三色院菫子（さんしょくいんすみれこ）をどう思っているか。それは……

「わりぃ、サザンカ。教えられねぇ……」

「どうしてよ？」

「最初に、あいつに伝えたいからだ」

「……そっか」

「ごめんな。俺ばっか教えろって言って、こっちは聞かれても教えねぇなんて……ん」

「はい。そこまで」

サザンカの人差し指が、俺の唇と重なった。

「いいよ。もう十分伝わったから」

いつもの勝ち気なサザンカではない、優しい笑顔のサザンカ。

その魅力的な笑顔に、つい俺は釘付け(くぎづ)になってしまいそうになる。

「ありがとね、ジョーロ。おかげで、あたしも決心がついた。ずっとあの子に協力しようと思ってたけど、ここでおしまい。あんたがやりたいことをやるなら、あたしも協力しないとね！だって、あたしは……あんたが大好きだし！」

「うっ！　そ、その……ありがとな……」

恥も外聞もなくそう宣言するサザンカに、他のメンバーが目を見開く。

いや、俺も驚いたよ。まさか、こんな場所でドストレートな言葉を……。

「あたしは、あの子が何を考えてるか分からない。でも、このままジョーロと会わないでおしまいっていうのは……その、ちょっとあたしにとっては都合がいいけど、何だか納得がいかないわ！　だから、ジョーロ、いい⁉　ちゃんとあの子を見つけなさいよ？」

「絶対に見つけてやるよ……」

「ふふっ！　勘違いしないでよね！　あんたのためじゃなくて、あの子のために言うの！」

頬を赤らめながら、やわらかな笑顔でそう伝えるサザンカ。

いつもそうだよな。サザンカは、乱暴なように見えて、誰よりも面倒見がよくて優しい……とても魅力的な女の子だ。

「あの子のいる場所。それは……」

「『みんなの場所』。これが、あたしがあの子に教えてもらったヒントよ」

ねぇ、やっぱ西木蔦(にしきづた)高校じゃないの？

※

十五時。タイムリミットまで残り三時間。

サザンカはヒントを教えてくれた後、俺と一緒に三色院菫子(さんしょくいんすみれこ)探しを手伝ってくれようとしたのだが、どこからともなくやってきた中年男性の『あちゃかぁぁぁぁ!!　どうして、年末なのにパパといてくれないんだぁぁぁぁ!!　まさか、ずっと言っていた気になる男と……パパは許さないぞぉぉぉぉ!!』という叫びが聞こえた瞬間、カリスマ群の皆様と共に疾風の如き速度で姿を消していった。

日々着実に娘からの好感度を下げ続ける真山のおっさんが、またやさぐれないことを祈る。

ともあれ、ここまで順調とは言えないが、どうにかしてヒントを増やすことに成功した。

『如月雨露と三色院菫子にだけ関係する場所』

『如月雨露が余計なことをした場所』

『幸せと不幸を同時に生む場所』

『みんなの場所』

今現在、俺達が手に入れたヒントから鑑みる、三色院菫子の所在地。

思い当たる場所は、一つ。

そして、恐らく……というか、間違いなくそこに三色院菫子はいない。

だが、胸の内から湧く疑惑に抵抗ができなかった俺は……再び、西木蔦高校を訪れていた。

「いないの！　菫子ちゃん、見つからないの！」

「むふぅ～。てっきり、私のクラスにいるかと思ったのですが……、いませんでした……」

「ごめん！　うちも見つけられなかったっしょ！」

「ジョーロ君、ここにあの子はいないと思うわ」

「今までのヒントからすると有り得なくはないけど……パンジーちゃんの言う通りだろうね」

本来なら、落胆すべきところではあるが、むしろみんなからの報告を聞いて、俺は安心した。

これで、間違いなく西木蔦高校に三色院菫子はいないという確信を得られたからだ。

「だよな。俺もそう思ってたよ」

もちろん、疑惑を確信に変えるためだけに、西木蔦高校にやってきたわけではない。

むしろ、こっちはついで。

俺はとある人物達に連絡をして、西木蔦高校を待ち合わせ場所に指定したのだ。

そいつらが来るまでの間、手持無沙汰だったので三色院菫子を探していただけ。

……っと、ちょうど来てくれたみたいだな。

「ジョーロ！　わたし、ぜぇぇぇぇったいに教えてあげないからね！」

「こないだぶりですね、ジョーロ！　ようやく、私達にまで辿り着いてくれましたか！」

最後のヒントを持つ、二人の少女が。

校庭に響く一人の少女の元気な声、どこか溌溂としたもう一人の少女の声。

やってきたのは、幼馴染のひまわりこと日向葵と、クラスメートのあすなろこと羽立桧菜。

呼び出しに応じてくれたということは、希望はあると思いたいのだが……なぜ、ひまわりはここまでの拒絶反応を？

つい先日に会った時は虹彩寺菫のおかげもあって、以前ほどとは言えないが、最悪の関係からは一歩前進したと思ったのだが……。

俺は、また何か妙なことをやらかしてしまったのだろうか？

「他の子達は教えてくれたかもだけど、わたしはぜったい教えないよ！　だって、あの子言ってたもん！　『会っていいのか分かんない』って！　分かんないなら会っちゃダメ！」

ん？　何かおかしくねぇか？

てっきり、ひまわりは俺に対して何か思うところがあって、ヒントを伝えたくないのかと思っていたのだが、今の発言は……

「わたし、怒ってるの！　わたし達、みんながんばったの！　いっしょーけんめーだったの！なのに、あの子逃げた！　ずるい！　そんなの、ずるいずるいずるい！」

やっぱり、そっちか！

まずいぞ……。ひまわりが、ヒントを俺に伝えたくない理由。

それは、三色院菫子（さんしょくいんすみれこ）に対して怒っているからなんだ。

なら、あすなろは……

「ふふふ。ひまわりが言わないのでしたら、私も言いませんよ。もし、お互いに別の内容でしたらお伝えしていたかもしれないですが、私達は二人とも同じ内容を聞いているので」

つまり、どうにかしてひまわりを説得しろってことね。

はぁ……。まだまだ先は長そうだな……。

「ジョーロ！　ジョーロは、パンジーちゃんの恋人だよ！　だから、パンジーちゃんのことだけ考えるの！　分かんない子のことなんて、考えちゃダメなの！」

「いや、まだそうなると決まったわけじゃ……」

「そうなるって決まったの！　ジョーロは、パンジーちゃんの恋人！　だから、わたしもお手伝いした！　ずっとジョーロに会えなくて、寂しかったパンジーちゃん。それをちょっとでもいっぱいにしたかったから、みんなで遊んだの！　ジョーロが、あの子を探しちゃったら、こないだのがうそになっちゃう！　そんなのダメ！」

「うっ！」

少し前に、西木蔦（にしきづた）高校に虹彩寺菫（パンジー）とひまわりとあすなろと俺の四人で集まって行ったテニス。

あれは、ひまわりが俺と虹彩寺菫（パンジー）の関係をより良くする狙いがあって行われたことだ。

だが、ここで俺が三色院菫子（さんしょくいんすみれこ）を優先してしまったら、あのテニスの意味がなくなってしまう。

ひまわりとしては、自分の努力が否定されたように感じているのだろう。

「パンジーちゃん！　パンジーちゃんは、ジョーロが大好きだよね？　ジョーロとずぅぅっといっしょにいたいよね？」

「ええ。もちろんよ」

ひまわりの必死の訴えに、笑顔で応える虹彩寺菫（パンジー）。

それは、ひまわりの望む答えだったのだろう。先程までの怒り心頭といった表情から、パッと切り替わり、明るい笑顔を浮かべている。

「やったぁ！　じゃ、ジョーロはパンジーちゃんといっしょ！　あの子を探しちゃダメ！」

今度は俺を見つめて、強く指を突きつける。

ひまわりの言っていることに、間違いはない。ある意味、一つの正解の形だ。

そんな未来が訪れる可能性も、零ではないのかもしれない。

「ジョーロ君、貴方はもう十分に頑張ったじゃない。だから、ここからは私が貴方の恋人として頑張る時間にさせてほしいわ。……ダメ、かしら？」

俺に対して、懸命な視線を向ける虹彩寺菫。

その健気さに、思わず首を縦に振りそうになってしまうが、

「まだ、タイムリミットは来てねぇ……」

「……分かったわ」

それでも、諦めるわけにはいかねぇんだよ。

「むぅぅぅ！　ジョーロ、こないだのうそにするつもりなんだ！」

「んなつもりはねぇよ。ひまわり達のおかげで、俺はパンジーの良いところに気がつけた。だから、たとえ俺がアイツを探そうと、あのことは嘘にならねぇ。けどな……」

ここまで、俺に付き合ってくれたホース、たんぽぽ、ヒイラギ、チェリー。

俺に三色院菫子を見つけてほしいと情報を託してくれたコスモス、サザンカ。

もしも、俺がここでアイツを探すのを諦めちまったら……

「ここでやめたら、嘘（うそ）になっちまうことが別にあるんだ」

俺は無責任で適当な男だ。

けど、他の奴（やつ）らの気持ちをないがしろにすることだけはぜってぇにしねぇ。今まで俺を助けてくれた奴（やつ）らに報いるためにも、どんなことがあってもひまわりから情報を聞き出してやる。

「いいもん！　わたしが教えなかったら、それでおしまいだもん！」

確かに、一見すると状況は最悪だ。

ひまわりは、三色院菫子（さんしょくいんすみれこ）に怒っている。

その怒りを鎮（しず）めることができるのは、本人だけ。

だってのに、肝心の本人がどこにもいないときた。

どうしようもないように思えるだろう。

けどな、ひまわり。幼馴染（おさななじみ）の俺はよく知ってるんだぜ？

てめぇは……

「ひまわり、本当に俺に教えるつもりはねぇのか？」

「な、ないよ！」

目の向きが右に一秒、左に二秒。……それは、ひまわりが嘘（うそ）をつく時にする癖だ。

これが、証明している。ひまわりは、俺に教えてもいいと考えている。

ただ、三色院菫子（さんしょくいんすみれこ）に対して怒っていて、教えたくないとも考えている。

そんな二つの感情がせめぎ合って、迷っている状態なんだ。

よかったよ……。だとしたら、俺の作戦はうまくいきそうだからな……。

「なら、……勝負で決めようぜ」

「しょーぶ？」

唐突な俺の申し出に、ひまわりがキョトンとした顔をする。

なんのために、こんな真冬に西木蔦の校庭に来たと思っている？

こいつをひまわりに提案するためだ。

「そうだ。俺達とてめぇらで勝負をする。それで、俺達が勝ったら、てめぇらが知ってることを教えてもらおうか！」

ぶっちゃけ、かなり滅茶苦茶なことを言っているのは分かっている。

なんせ、この勝負に勝っても、ひまわり達にはメリットはないのだ。

でもな、そんな破綻した条件にも気がつかず、目先の面白そうなことに食いつくのが、

「面白そう！　それ、わたしやる！」

俺の幼馴染、日向葵だ。

先程までの怒りをあっという間に消し去り、天真爛漫な笑顔で駆け寄ってくるひまわり。

普段通りのその笑顔を見ると、どこか胸が温かくなってくる。

「ねね！　なにでしょーぶするの!?　テニス？　かけっこ？　それとも、ババ抜き？」

容赦なく、得意分野に持ち込もうとしないでほしい。

その辺りで、俺達がひまわりに勝てるわけがないだろうに。

あくまで勝負は公平に。どっちにも勝てるチャンスのある……

「ホームランチャレンジで勝負だ」

「え？」

「ほら、繚乱祭(りょうらんさい)でやったやつだよ。ひまわりがピッチャーで、俺達がバッター。誰か一人でもひまわりの球を打てたら俺達の勝ち。で、誰も打てなかったらそっちの勝ちだ」

「わぁぁぁぁ！　すっごく面白そう！　いいよ！　それなら――」

「待って下さい。その勝負には、少しモノ申したいですねぇ」

ちっ。あすなろは、こっちの味方についてくれると思ったが、そう甘くねぇか。

やばいな……。ひまわりは考えなしに行動するところがあるが、あすなろは……

「どうしたの、あすなろちゃん？」

「考えて下さい、ジョーロが言い出した勝負ですよ？　一見すると公平なように思える勝負ですが、絶対にそんなことは有り得ません。だってジョーロ、卑怯(ひきょう)ですし」

「言われてみれば、その通りだったよ！」

やれやれ……。ひどい言い様だな。

言っておくが、今回の勝負で卑怯(ひきょう)なことは考えてないぜ？

正真正銘、正々堂々とした勝負で……

「そういえば、前に僕とやった勝負でも、色々やってくれたよね……」

「うちなんて、おっぱいまで揉まれたっしょ……」

「ジョーロ君、ちょっとあとで両手を粉砕するから、時間を空けておいてもらえるかしら？」

君達、俺の味方じゃないの？

いや、あの勝負は仕方ないじゃん！　色々、事情があったじゃん！

「ジョーロ、勝負は受けましょう。ですが、いくつかこちらからルールを提案させて下さい。

……構いませんよね？」

「ああ。別に構わないぜ」

ふっ。あすなろは疑い深くて困っちまうな。

別にどんなルールが足されようと、元から条件は同じなのだから――

「まず、繚乱祭のホームランチャレンジでは、テニスボールとテニスラケットを使用しましたが、今回の場合は通常の野球ボールとバットを使いましょう。ラケットですと、明らかに打つほうが有利ですからね」

ガッデム！　さっそく、一つ目がつぶされたよ！

なんで、そこに気がつくんだよ、こんちくしょう！

しかし、ここまでは想定の範囲内よ！　俺の作戦が上手くいかないことなど、日常茶飯事！

そんな俺が、たった一つの作戦で勝負を挑むと思ったか⁉　当然ながら──

「続いて、ホームランチャレンジにちなんで、ホームランを打てた場合のみジョーロ達の勝利としましょう。ただ当てるだけではダメです」

ジーザス！　二つ目も問答無用でつぶされました！

きぃぃぃぃぃぃ‼　当てるだけなら、いけると思ったのに！

いや、慌てるな！　まだ、とっておきの作戦が残って──

「最後に挑戦回数ですが、一人につき一回まで。先程、ジョーロは『俺達』と言っていましたからね。一人一人順番に次々と挑まれて、ひまわりのスタミナ切れを狙われてはたまったものではありません」

アンビリバボォォォォォ‼　ねぇ、どうして？　どうして、ご丁寧に全部つぶすの？

俺は正々堂々と戦おうとしてたんだよ？　そういうの、不公平だと思う。

「嫌ならいいですよ？　その場合は、勝負を受けないだけですし」

足元、みやがったぁぁぁぁ‼

くっそぉぉぉぉぉ‼　繚乱祭でも、野球部顔負けの球を放っていたひまわりから、本物のボールとバットでホームランを打たなきゃならねぇなんて、難易度が高すぎるだろ！

この中で打てそうな奴なんて……。

「頼んだぞ、ホース！　俺達の運命は、全ててめぇに託された！」

「いきなり、とんでもない責任を押し付けないでくれないかな⁉」

だって、ホースだけなんだもん。

繚乱祭（りょうらんさい）でひまわりからヒットを打てたの。

ご都合主義に愛されてるなら、都合よくホースの番に棒球がくるとか、ありそうじゃん？

「まぁ、やれることは全部やってみるよ……。ある意味、いいチャンスだしね」

「チャンス？」

この状況に、いったいどんなチャンスがあるんだ？

むしろ、全てのチャンスがつぶされた後だと思うのだが……

「前から、一度やってみたかったことがあるんだよ。君にやられて、悔しかったことをさ」

なに、その頼れる主人公スマイル？

※

「くりーむ、ぱん！」

「きゃっ！　すごいわね、ひまわり……。まるで当てられなかったわ」

「えへへ！　そうでしょ！　わたし、いっぱい練習したもん！」

時刻は十六時三十分。

本来であればすぐさま勝負を始めたかったのだが、何やら自信ありげなホースが『少し練習をしてから、勝負をしたい』と提案をしたので、それにのることに。

その間、ひまわりはあすなろとピッチング練習を。俺達は、バットを振るなりしてバッティングの練習を。しかし、肝心のホースはスマートフォンをいじるだけ。

練習と称して、ひまわりのスタミナを削る作戦か？

もし、そうだとしたら作戦は失敗だ。なんせ、始まった勝負では……

「あうぅ～……。ひまわりちゃん、すごいのぉ～……」

「むふぅ～。一度も当てられませんでした……」

「一球くらいならいけると思ったんだけどなぁ～……」

「観るのとやるのでは、まるで違うのね。とても楽しかったわ」

すでに、ヒイラギ、たんぽぽ、チェリー、虹彩寺菫の四人が見事に三振。まだギリギリ打てる可能性がある俺やホースを後に回して、ひまわりのスタミナを削る作戦を敢行してみたが、

「ひまわり、こちらをどうぞ！　あまおうクリームパンです！」

「ありがと、あすなろちゃん！」

その対策は、バッチリ。

繚乱祭で、クリームパン切れを起こして弱ったひまわりは、ホースにヒットを打たれた。

今回は、その同じ轍を踏むことはなさそうだ。

だが、それでこっちにまったくチャンスがないというわけではない。

なぜなら……、

「……いつもよりおいしくない」

大好物のあまおうクリームパンを食べているはずなのに、どこか浮かない表情。

どんな時でも「あまおうクリームパンは最高だよ！」と天真爛漫な笑顔で言っていたひまわりが、あまおうクリームパンを食べて表情を曇らせる。

やっぱり、ひまわりは迷っているんだ……。

「ひまわり、もしも嫌でしたら無理に勝負を続ける必要は……」

「んーん！　わたし、ちゃんとやるよ！　しんけんしょーぶだもん！」

あすなろの問いかけに、首をブンブンと強く横に振る。

「どんな時でも、いっしょーけんめー！　わたしは、いっしょーけんめーなの！」

自分のアイデンティティを揺るがすことは決してしない。

どれだけ迷っていようと、どんな結果に成ろうと、勝利を譲るようなことはしない。

そうだよな……。どんな時でも、一生懸命。それが、俺の幼馴染だもんな。

「ジョーロ、お待たせしました！　次は貴方の番ですよ！」

「ああ。分かってる。……来いよ！　ひまわり！」

だからこそ、俺も全力でひまわりに勝負を挑む。

たとえ勝ち目がまるでなかったとしても、手を抜くようなことは一切しねぇ。

「……っ！　いいよぉ～！　わたし、絶対負けないもん！」

マウンドの上で、沈んだ表情から元気な笑顔へと変わるひまわり。

ほんの少しではあるが、大切な幼馴染を元気づけられたことに安堵した。

「こっちの台詞だっつーの！」

グリップを強く握りしめ、打席に立つ。心臓の音がやけに頭に響く。

偶然でいい、ただのラッキーでいい。

それでも、俺がここでホームランを打てれば……ひまわりの迷いをなくすことができる！

一発でいいから……

「くりーむ、ぱん！」

「……んっ！　あぁぁぁぁ!!　くそ!!」

「ストライク！　バッターアウトです！」

が、世の中に奇跡なんてものは、そうそう起こり得ない。

運動神経抜群、テニス部のエースのひまわり。何の部活もやっていない、平凡な俺。

男女差なんてまるで関係なく、俺も今までの奴らと同様に三振。

これで、残すはホースだけとなった。

「ジョーロ！　なんで打てないの！　ちゃんと打たなきゃダメだよ！」

三振させた奴が言う台詞か。

俺だって、打ちたかったんだよ！

「どうしますか、ひまわり？　ジョーロだけ特別にもう一度チャンスを与えても……」

「ダメ！　ルールはルールだよ！　ジョーロは三振でおしまい！」

ほんと、そういうとこ頑なだよね。

いや、何も間違っていないから文句を言える立場じゃないんだけどさ……。

「分かりました！　では、残すは……ホースの番ですよ！」

「うん。分かった」

いよいよ、残る挑戦者はあと一人。

唐菖蒲高校の図書委員にして、俺の上位互換。

加えて、かつてひまわりからヒットを打った経験のあるホースだ。

これだけ追い詰められた状況にもかかわらず、なぜか自信満々の様子。

バッターボックスに向かう前に、一瞬だけたんぽぽを見つめたのが印象的だった。

「くりーむ、ぱん！」

「……やっ！」

「ファール！　やりますね、ホース！　まさか、ひまわりの球に当てるなんて！」

「まぁ、当ててるだけなんだけどね……」

始まったひまわりとホースの勝負は、誰がどう見てもひまわりが優勢だ。

あれだけ自信満々の態度だったから、てっきりホームランでも打てるのかと思ったら、そういうわけではないらしい。

というか、そもそも、この勝負の条件はこっちに不利すぎる。

俺達は、ホームランを打つ以外に一切の勝ち目はない。

対してひまわりは、仮にヒットを打たれようとも勝利につながる。

おまけで、繚乱祭(りょうらんさい)ではテニスラケットを使っての挑戦だったが、今回は野球バット。

根本的に、普通のバットでひまわりからヒットを打つこと自体が……

「ストライク！　バッターアウトです！」

素人(しろうと)の俺達にとっては、難しすぎることだ。

最後のバッターのホースも、ファウルボールでしばらく粘ってくれたが、最終的には三振。

これで、勝負は…………ひまわり達の勝利だ。

「えと、んと……わたし達の、勝ち……？」

「みたい……ですね」

勝ったはずなのに、どこか複雑な表情を浮かべるひまわりとあすなろ。

だとしても、一度決めたことを曲げるような性格ではないのは、俺が一番よく分かっている。

これは、マジで参ったな……。

今のままでは、三色院菫子（さんしょくいんすみれこ）の居場所は分からないままだ。

何とか別の手段で、ひまわり達から情報を引き出さねぇと……

「えと、やっぱりもう一回みんなに……ううん！　やっぱり、ダメ！　しょーぶはしょーぶ！　みんな打てなかったんだから、おしまい！　だから、わたしは――」

「まだだよ」

そこで、顔をうつむかせたホースが、そう小さくつぶやいた。

あいつは、いったい何を言い出しているんだ？

「何を言っているのです、ホース？　貴方（あなた）はもう三振したではないですか」

あすなろの言う通りだ。

この勝負の挑戦権は一人一回まで。加えて、ホームランが打てなかったら敗北。

ここまでに、ヒイラギ、たんぽぽ、チェリー、虹彩寺菫（パンジー）、俺、ホースの全員がひまわりに挑戦して、見事全員が返り討ち。もうこれ以上、勝負を続けることはできないはずだ。

「そうだね……。確かに、僕は負けた。何とか粘ってみたけど、やっぱりだめだね。本当に、ひまわりちゃんの運動神経はすごいよ。けどね……僕達はまだ負けてない！」

「「僕達？」」

ん？　今の台詞（せりふ）って、どこかで聞いたことがあるような……。

「あすなろちゃん、ひまわりちゃん、どうして僕は自分がホームランを打てもしないのに、ファウルボールで粘ったと思う？　どうして、この勝負が始まるまでに、練習なんて本来なら必要のない時間を設けたと思う？」

「う？　それは、絶対にホームランを打ちたかったからで……」

「うん。その通りだ。……でもね、そのホームランを打つのは僕じゃないんだ。僕の役目は、時間を稼ぐこと。絶対にホームランを打てる人が、ここに来れるまでの間のね」

「絶対にホームランを打てる人？　まさか、貴方（あなた）は――」

「待たせたな、ホース」

その時、俺の背後から一人の男の声が響いた。

こんな年末でもトレーニングを欠かしていないのか、はたまた大急ぎでここまでやってきたからか、格好はジャージ姿。全身から発せられる熱気を鎮（しず）めるような、白い息。

立っているだけで貫録すら感じさせる、一九〇センチメートルの高身長。整った顔立ち。

現れたのは……。

「まったく……。随分と下らぬ勝負に俺を巻き込んでくれたものだな？」

唐菖蒲高校四番バッター。去年の地区大会でも今年の地区大会でも、甲子園準優勝ピッチャーであるサンちゃんからヒットを量産した……フーちゃんこと特正北風だ。

「えぇぇぇぇ!! フ、フーちゃんですか!? さ、さすがにそれは反則では……」

「どうして？ 最初に言ったじゃん。僕達の誰かがホームランを打てれば、僕達の勝ちって。最初から、そこにフーちゃんも含まれてたんだよ？ そうだよね、ジョーロ？」

「お？ ……おう！ 当たり前だ！ 俺達の中には、フーちゃんも含まれてた！」

いや、初耳なんですけど!?

まさか、ホースの奴、フーちゃんに連絡をしてるとは思わなかったぞ！

つか、この状況ってさ……

「ホース……。貴方、随分と卑怯な手を……」

「あは！ 前に、これでこっぴどくやられてるからね！ ちょっとした仕返しかな？」

だよな。まさに、今年の地区大会の決勝戦とそっくりな状況だ。

決勝戦の裏で行われた髪留め集め勝負で、ホースは最後の最後に俺に逆転された。

だが、その勝負を決めたのは俺じゃない。

サンちゃんだ。

サンちゃんが助けにきてくれたからこそ、俺はホースに勝つことができた。

「ってか、ホース！ どうやって、フーちゃんを呼んだんだよ!? フーちゃんの性格上、あんまこういう勝負には……」

　繚乱祭のホームランチャレンジでも、『サンちゃんがピッチャーじゃないなら、やらない』って言ってたぐらいだ。恐らくフーちゃんは、こと野球に於いては、本気でやっている奴以外に興味がないんだ。だってのに、どうして……

「あ～。それはね……」

「むふふふ！　特正先輩ったら、そんなに私を助けに来たかったんですかぁ～？　それとも、私にかっこいいところを見せたかったとか！　んもぉ～う！　仕方な――」

「黙れ、小娘!!　貴様のことなど、これっぽぉぉぉぉぉっちも気にしておらんわ！　俺は、純粋無垢で邪な気持ちなど一切持たず、たまたま偶然無性に日向からホームランを打ちたくなってやってきただけだ！　下らんことを言うな!!」

「びゅぇぇぇぇん!!　突然、怒鳴られましたぁ！　やっぱり、特正先輩はいじわるです！」

「知ったことか！　いいか？　もう一度、言うぞ？　俺に邪な気持ちなど一切ない!!」

　えーっと、もしかして……

「『たんぽぽが、フーちゃんのホームランを見たがってるよ』って、伝えてみた」

　よこしMAXじゃねぇかよ！

　つか、クリスマスに二人でデートをしたくらいだし、てっきり関係が進展していると思ったが、まるでそんなことはないいんかい！

いつか、フーちゃんが素直になれる日が来ることを、とりあえず祈っておく。

頑張れ、フーちゃん。ついでに、たんぽぽも。

「たんぽぽがいてくれてよかったよ。もしかしたら、ツバキちゃんは最初からこうなることを分かっていたのかもしれないね……」

流石のツバキさんも、ここまでは考えてなかったのではないでしょうか？

なぜ、『ホームラン』という単語が絡むとたんぽぽが活躍するのか？　永遠の謎である。

「どうする、ひまわりちゃん、あすなろちゃん？　二人がルール違反だって言うなら、フーちゃんの参加はなしにしてもいいけど？」

どこか不敵な笑みを浮かべて、答えの分かりきった質問をホースが放つ。

本当に、こいつがいてくれてよかったよ……。

「えへへ！　もちろん、いいよぉ！　でも、わたし、負けないからねぇ～！　どんな時でもいっしょーけんめー！　それがわたしだもん！」

そうだよ、ひまわりに必要なのはきっかけだ。

ひまわりの信条に、妥協はない。だからこそ、自分がどうしても言わざるを得ない状況を作ってくれることを、あいつは望んでいたんだ。

「フーちゃん、いっくよぉぉぉ！　わたし、絶対に負けないからね！」

「ほう……。下らん勝負かと思ったが、中々に楽しめそうだ。……いいだろう。ならば、俺も全身全霊の力を以て、相手をしようではないか！」

なんだろう？　あそこだけ、世界観が変わっちゃってない？

「くりぃぃぃぃむ！　ぱぁぁぁぁぁぁぁん!!」

「………ふん!!」

今日一番の叫びと同時に放たれた、今日一番のひまわりの球。

俺達では間違いなく打てない速度と球威を持っているが……、フーちゃんには別だ。

邂逅は、ほんの一瞬。西木蔦高校に響く小気味のいい音。

同時にボールは綺麗な放物線を描き、高く高く飛んでいく。

それは……、フーちゃんがホームランを打った証明だ。

「この程度、造作もない」

一応、本人なりに決めたつもりだが、視線がすげぇたんぽぽである。

もはや、たんぽぽしか見ていない。

「わぁぁぁぁ!!　さすが、特正先輩です！　むふふふ！　とっても綺麗なホームランで、すごくかっこよかったです！」

「かっ……！　ぱぉ！」

そして、昇天した。

「ひょわ！　なぜか、特正先輩が気絶をしてしまいました！　まさか、今のホームランに力

を込めすぎて……仕方ありませんね！　特別に私が看病してあげましょう！」

「お、俺にこれ以上近づくな！　そこから一歩でも踏み出してみろ！　心臓が破裂するぞ！」

「ひょぉぉぉぉ！　私がいったい何をしたんですか！　やっぱり、特正(とくしょう)先輩は怖いです！」

そうだね、破裂するね。フーちゃんの心臓が。

フーちゃんとたんぽぽの道のりは、もしかしたら誰よりも険しいのかもしれない。

「あはは……。打たれちゃったね……」

「そう、ですね……」

勝負に負けたというのに、まるで悔しさを感じさせない達観したひまわりの笑顔。

幼馴染(おさななじみ)で長いこと付き合ってはいるが、あんな表情は初めて見たかもな……。

「さ、ジョーロ。ここからは、君の仕事だ」

「ふん。下らん厄介事など、さっさと解決してしまえ」

俺の肩をポンと叩(たた)くホースと、落ち着いた笑顔を見せるフーちゃん。

こいつらと、こんな関係になれるなんて……一学期だったら考えられねぇよな……。

「ねぇ、ジョーロ。ひとつ、きいてもいーい？」

マウンドから俺の下にやってきたひまわりが、少しだけ大人びた笑顔で俺を見る。

いつも本人は、『中学生に間違えられるのが嫌だ』と俺に愚痴っていたが、今のひまわりは年相応の……高校生の女の子に不思議と見えた。

「どうした？」

「ジョーロは、なんのためにあの子に会うの？　あの子に会っても、なんにも変わらないかもだよ。あの子に会っても、なんにもよくならないかもだよ」

そうだな……。ひまわりの言ってることの意味は、よく分かる。仮にあいつに会ったとしても、何一つ変わることなく、シンプルな終わりを迎える可能性は十分にあるだろう。

だけど、それでもあいつに会いたいのは、

「また、みんなで笑うためだ」

今の俺達の世界を作り出したのは、今の俺達の関係を作り出したのは、三色院菫子(さんしょくいんすみれこ)。

なのに、あいつがみんなと笑い合えないなんて納得がいかねぇ。

だからこそ、俺はあいつを見つける。あいつをまたみんなのところに戻す。

そのために、あいつを見つけなきゃならねぇんだ。

「……うん！　やっぱり、ジョーロはジョーロだ！」

俺の返答に満足したのか、ひまわりがとびっきりの笑顔を見せる。

「じゃ、わたしもお手伝いする！　わたしも、みんなで楽しいのが一番！　だって、わたし達は、いっしょーいっぱいお友達だもん！」

「ふふふ。もちろん、私もひまわりに賛成ですよ」

隣に立つあすなろと、笑顔を向け合うひまわり。

どれだけ怒ってても、やっぱり三色院菫子は大切な友達なんだな……。

「ジョーロ！ わたし、教えるよ！ わたしが、わたしとあすなろちゃんが聞いたじょーほー！ そしたら、ちゃんと見つけてくれるんでしょ？」

「もちろんだ」

「約束だよ？ ほんとにほんとに、ちゃんと見つけてあげてね！」

「ああ。約束だ」

「うん！ ありがと、ジョーロ！」

天真爛漫な笑みを浮かべるひまわり。

遂に……、遂に、最後のヒントを手に入れることができるぞ。

「じゃあ、あすなろちゃん。せーので言おっか！」

「分かりました！」

あすなろとひまわりが、お互いを見つめて強く頷く。

そして、その綺麗な瞳を俺に向けると、

「「せーの！」」

「「『始まりの場所』！ そこが、あの子のいる場所だよ（ですよ）！」」

へ？　そ、それだけ？　それだけ、なのか？

いや、ちょっと待ってくれよ！　やっぱり、これって西木蔦高校じゃねぇのか!?

けど、ひまわり達が来る前に、西木蔦高校の中はほぼ全て確認した。

つまり、ここに三色院菫子は絶対にいないんだ。

「ジョーロ、どこにあの子がいるか分かったかな？」

「ジョーロ！　菫子ちゃんの場所、ちゃんと見つけてあげてほしいの！」

「むふぅ～。何やら難しそうな顔をしていますね。大丈夫ですか？」

「ジョーロっち、もしかして、まだ分かってなかったり？」

これまで、俺に協力してくれたホース、ヒイラギ、たんぽぽ、チェリーが少しだけ心配そうな表情で俺を見つめている。ヒントを告げた、ひまわりとあすなろもだ。

……考えろ！　よく考え直すんだ！

「ジョーロ君、もう時間は残されていないわよ？」

分かってるよ！　だから、必死に考えてんだって！

もう一度、今まで集めたヒントを思い出せ！

『如月雨露と三色院菫子にだけ関係する場所』

『如月雨露が余計なことをした場所』

『幸せと不幸を同時に生む場所』

『みんなの場所』

『始まりの場所』

そもそも、このヒントを全て考えると、妙なところがある。

最初のヒントと四番目のヒントだ。もし、三色院菫子が『如月雨露と三色院菫子にだけ関係する場所』にいるのであれば、『みんなの場所』なんてヒントは出ない。

最初のヒントは、チェリーの予想ではあるのだが、それが間違いだったってことか？

なら、一度そのヒントを省いて…………いや、待てよ。固定観念にとらわれるな。

まだ、もう一つヒントがあるじゃねぇか！

タイムリミットが、十八時ってことだ！

あいつが何の理由もなく、十八時までしかその場所にいないってことは有り得ねぇ！

恐らく、何かしらの理由があって、その時間までしかいられないんだ！

「『始まりの場所』、十八時までしかいられない。今は年末……まさか！」

ある。……あるぞ！

一ヶ所だけ、このヒント全てに当てはまる場所が、西木蔦高校以外に……

「分かったぁぁぁぁぁぁぁぁぁ!!」

あの野郎、マジでとんでもねぇ場所にいやがったな！

だから、タイムリミットが十八時だったわけか！

確かに今の時期だと、あの場所はその時間あたりから、とんでもなく人が増える！

大勢の人ゴミが苦手で、さらに自分が見つけにくくなるからこそ、三色院菫子は十八時になったらそこから立ち去っていたんだ！

けど、どこだ⁉　あの場所の、どこに三色院菫子はいるんだ⁉

何ヶ所か候補は絞り込める。だけど、どこかが分からねぇ！

それに……

「ホース！　今、何時だ⁉」

「えっと、ちょうど十七時になったところだけど……」

「んなっ！」

その情報が、俺に絶望を与える。

三色院菫子が、どこにいるかは分かった。

だけど、その正確な位置が分からない。

もちろん該当する場所に行って、しらみつぶしに探せば見つけることはできるだろう。

ただ……

「だ、ダメだ……。間に、合わねぇ……」

タイムリミットは、今日の十八時まで。

だっていうのに……、三色院菫子のいる場所はここからかなり離れた場所なんだ……。

おまけで、かなり広大で候補は盛沢山。

正確な場所が分からなければ、探すのにもメチャクチャ時間がかかってしまうだろう。

そして、その頃には……三色院菫子はその場から立ち去ってしまう。

「……なんだよ、それ……」

ようやく、ヒントを集めたんだぞ？　ようやく、どこにいるかが分かったんだぞ？

なのに、俺は間に合わない。俺はあいつに会うことができない。

そんなのって……

「ジョーロ君、気を落とさないで。どこにいるか分かっただけでもすごいわよ。貴方とあの子の気持ちが通じていたということじゃない」

虹彩寺菫が俺の肩に両手を添えて、優しく言葉を紡ぐ。

「でも、時間だけはどうしようもない。もう十分、頑張ったじゃない？　もう休憩してもいいのよ？　私は、そばにいるから……」

そう、なのか？　俺は、もう虹彩寺菫を受け入れていいのか？　受け入れるべきなのか？

そう、かもな……。こんだけ、やれることをやったんだ。

ごめんな、みんな。折角、力を貸してくれたのに――

「あれ？」

その時、俺のポケットに入っているスマートフォンが振動をした。

振動の回数は二回。それは、電話ではなくメッセージが届いたという知らせだ。
もはや、どんなメッセージが届いていたとしても、この状況はどうしようもない。
半ば投げやりな気持ちで、スマートフォンを確認すると、そこには……

『延長戦に突入だ。俺が時間を稼いでやる』

大賀太陽（サンちゃん）からのメッセージが、表示されていた。

【私の予想外】

——高校二年生　十月。

「二学期になって、私のクラスに転校生が来たの」

あの事故から半年という時間が経過しても、ビオラは目を覚まさない。

彼女は、未だに病室のベッドで眠り続け、私は眠る彼女へ言葉を届け続ける。

「とても素敵な子よ。本当は人見知りなのに、いざという時はものすごい力を発揮する女の子。……少しだけ、貴女に似ているわね」

元木智冬。二学期になって、私のクラスにやってきた転校生。

ツバキと浅からぬ因縁があるみたいで、転校初日から彼女と熱い火花を散らしていた。

そのうえ、普段の高校生活では中々聞くことのできない『聖戦』というものをツバキと行うというのだから、また面白い。

勝負の内容は、『体育祭での屋台売上勝負』。

そして、勝者には『敗者にどんな命令でもすることができる』という特権が与えられる。

一見するといがみ合っているツバキと元木さんだけど、そんな特権のある勝負を行う時点で、彼女達の信頼関係がよく見て取れた。

本当は、お互いのことをとても大切に想っているのだろう。

「私も、仲良くなりたいわ」

元木智冬……ヒイラギと呼ばれている少女に、私は初めて会った時から興味を惹かれていた。

しかも、偶然にも自分の隣の席へとやってきたのだから、僥倖だ。

何とか仲良くなりたくて、その機会を探っていたのだけど、中々うまくいかない。

彼女が授業中に消しゴムを落とした時はいいチャンスだと思ったのだけど、とてつもない速さで拾われてしまって、結局話しかけられなかった。

その点は残念だったけど、それで全ての機会を失ったわけではない。

元木さんと仲良くなる方法は、もう考えてある。

「二人の勝負で、私は元木さん側につこうと思うの」

ツバキと元木さんの聖戦。ひまわりやあすなろ、それにコスモスさんはツバキに協力することにしたみたいだけど、私は違う。元木さんに協力する。

そうしたら、自然とお話をする機会が増えて、仲良くなれるかもしれない。

もちろん、元木さんに協力するのは、彼女と仲良くなりたいという理由だけではない。

「ジョーロ君も、彼女に協力するみたいだしね」

どうやら、ツバキは元木さんの人見知りを改善したいようで、自分は敵に回りつつも、彼女の支援をジョーロ君にお願いしていたのだ。

もちろん、直接的ではなく間接的な言葉だけど、すぐに分かった。

勇気が出せなくて、言いたいことを素直に言えない女の子。

一度、私が助けられなかった子を今度は助けたい。私もそのお手伝いがしたい。

加えて、そこにジョーロ君もいるなら理想的。だからこそ、私は元木（もとき）さんに協力する。

彼女の人見知りを改善するきっかけを作るために。

そして……、

「ねぇ、いい加減起きてくれないと、手遅れになってしまうわよ？」

ビオラが、目を覚ますきっかけを作るために。

非現実的な方法を選んでいることは、十分に分かっている。

それでも、このか細い糸を私は決して手放さない。

だって、

「二学期の終わりに、ジョーロ君に恋人ができるかもしれないわ」

「……っ」

ほんのわずかに揺れる、ビオラの体。

半年間、ここに通い続けて私が見つけた、眠っている彼女の特徴だ。

ビオラは、ジョーロ君に関して危機感を煽（あお）る言葉を伝えると、必ず何らかの反応を示す。

もしかしたら、そのまま目を覚ます可能性だって……

「実はね、今回のツバキと元木さんの勝負で、一つ仕掛けをしようと思っているの」

ビオラの危機感をさらに煽るため、私は言葉を紡ぐ。

「『敗者は勝者の命令を必ず聞く』って、とても素敵な特権よね？　だから、私はジョーロ君に協力をしながらも……、彼にこの特権を使おうと思っているわ」

「……っ」

再び、ビオラの体が揺れた。

「『私の恋人になること』なんて、とても素敵な命令だと思わない？」

「……っ！」

そう言うと、これまでで最も強い反応をビオラが示した。

何とか体を起き上がらせようとするも、上手くいかない。

私の行動を阻止しようと、懸命に足掻いているようにも見えた。

「ごめんなさい。少し、いじわるが過ぎたわね」

少しやりすぎてしまったかもしれないと、自分を戒める。

ジョーロ君の恋人になるのは、私ではない。……パンジーだ。

「私が、貴女の代わりにジョーロ君の恋人になる。貴女が目を覚ました時に、貴女が一番そばにいたい人の隣を用意する」

私の役目は、あくまでも代役。

眠ってしまったパンジーに代わり、彼女が目を覚ますまでの間だけそばにいる存在。

それでいい、それでいいから……

「お願い。早く目を覚まして……」

願いを込めて、眠るビオラの手を強く握りしめた。

「そろそろ、行くわね」

今日も、ビオラは目を覚まさない。だけど、きっとあと少しだ。

あと少しで、彼女は目を覚ます。そうしたら、いよいよ私の最後の計画が実行される。

誰にも伝えていない、最低の計画。

自分がジョーロ君の恋人になって、ビオラと入れ替わる。

ジョーロ君の恋人になれるかは分からないけど、もしもなれたら……必ず上手くいくわ。

「…………」

病室を出て、静かにドアを閉める。

まるで、病室に自分の罪悪感を閉じ込めているような感覚が走る。

そこから逃げ出すように、出口を目指して少し足早に歩を進めると、

「えっ！　な、なんで君が……」

「……っ！」

少し離れた所から、決して聞こえてはいけない声が聞こえてしまった。

だけど、私は決してその声の方向を見ない。

心臓が有り得ないくらいに強い鼓動を奏でているけど、私は何とか冷静さを保って、病院の出口を目指す。向こうも私の存在には気がついたけど、声をかけるつもりはないようだ。

そうよね。今の彼は、『私と私のお友達に近づけないし、話しかけられない』。

今年の地区大会の決勝戦で作られた制約が、すんでのところで私を救った。

だけど……

「どうして、葉月君がいるのよ……」

計画に生まれた小さな綻びに、私はつい悪態をついてしまった。

❀

——高校二年生　金曜日　体育祭前日。

明日の体育祭で行われる、ツバキとヒイラギの屋台売上勝負。

私は、自分の希望通りにヒイラギのチームに所属することはできた。

けど、そこからは苦労の連続だ。

普段図書室で過ごすみんなや、サンちゃんを含む野球部の人達はツバキチーム。

何とかその戦力差を埋めようと、ジョーロ君がサザンカや唐菖蒲高校の特正君や桜原先輩をヒイラギのチームに所属させてくれたけど、まだまだ大きな差がある。

勝負の鍵を握っているのは、ヒイラギだ。

彼女が作る焼き鳥はとても美味しくて、ツバキの串カツにも引けを取らない。

だけど、ヒイラギには一つ大きな欠点があった。

極度の人見知りで、人前に出るとまともに焼き鳥が作れなくなってしまうのだ。

その欠点を克服できなければ、私達に勝利はない。

だからこそ、何とかヒイラギの人見知りを改善しようと、体育祭の一週間前に別の場所で屋台を出してリハーサルを行ったのだが……そこで、大きな失敗をしてしまった。

どうしても他人を恐れてしまうヒイラギは、恐怖のあまり逃げ出してしまったのだ。

そんな自分の失敗に深く落ち込んでしまった彼女は、現状まともに機能していない。

ツバキとの勝負から逃げ出すつもりはないようだが、このままでは当日もヒイラギは何もできずに、私達は敗れることになるだろう。

だからこそ、何とかヒイラギを立ち直らせなければいけない。

勝負に勝ちたいという気持ちもあるけど、何より……ヒイラギが大切な存在だから。

まだ一緒にいる時間は短い。だけど、彼女と過ごす時間はとても楽しい。

彼女が私を必要としてくれるのが、とても幸せ。彼女と出会えてよかったと心から思う。

大丈夫。ヒイラギなら、勇気を出せるわ。私もそばにいるから、一緒に頑張りましょ。

それを、伝えたいというのに……

「用って何かしら？」

私は、とある人物に呼び出され、ヒイラギの下へと向かえずにいた。

「ははっ！　わざわざ来てくれて、サンキューな！」

いつもの元気な笑顔。身につけているユニフォームにはこびりついた泥の汚れが目立つ。

それは、彼の努力の証。私を呼びだしたのは……

「実は、パンジーに伝えたいことがあるんだ！」

大賀太陽。ジョーロ君の親友で、サンちゃんと呼ばれている男の子だ。

こうして、彼と二人きりで会うのは一学期以来なので少し緊張する。

「できれば、早めに済ませてほしいわ。私、少し急いでいるの」

緊張と苛立ちから、つい棘のある言葉を伝えてしまう。

「そうなのか⁉　悪い！　なら、早速本題に入るな！」

両手をパンと合わせて、謝罪の意を伝えるサンちゃん。

妙な胸騒ぎがする。何か、私にとって不都合なことが起きる予感がする。

「実は、とある奴からパンジーに伝言を頼まれたんだ！」

「……伝言？　何かしら……？」

緊張がより一層、増していく。誰からの伝言かは聞いていない。

だけど、私は知っている。偶然にも、一度だけ見かけてしまったのだ。

夏休みに、サンちゃんと楽しそうに過ごす、私の大切なお友達を……。

「『私は楽しく過ごせました。貴女も貴女のために生きて下さい』」

「………っ!!」

あぁ……。やっぱり、そうなのね……。

サンちゃんの伝言は、あの子からの伝言なのね……。

「アネモネからの伝言だ」

静かに、そしてどこか達観した表情で、サンちゃんはそう告げた。

「……私は、一華と呼んでいたわ」

何とか捻り出せた言葉は、それだけ。

予想通りの人物からの伝言に、私の思考はどこまでも混乱していく。

どうして、サンちゃんに伝言を頼んだの？　どうして、貴女が言いに来てくれないの？

「そうなのか？　その、俺が名前で呼ぼうとしたら嫌がられたんだけどな……」

でしょうね。彼女は、牡丹一華であって、牡丹一華ではない。

だから、いつも自分の名前を自分の名前として受け入れられていなかった。

私が何か別の呼称をつけようかと提案したのだけど、彼女はそれを拒絶した。

その理由は……

「『私の名前は、王子様に決めてもらうのです。にひ』。彼女の言葉よ」

いたずらめいた笑顔で、私に強い決意を伝える一華。

だからこそ、私は彼女と過ごす時、暫定的に『一華』と呼んでいた。

「……そっか」

「ねぇ、どうしてサンちゃんが伝えるの？　いち……アネモネは……」

嫌な予感がする。どうか間違いであってほしい。

強く強く願いを込めて、サンちゃんにそう尋ねるが、

「もう消えちまったんだ……」

私の願いは、叶わない。

「……っ!!　そ、そうなのね……」

目頭が、熱を帯びる。どんな感情を抱いていいか、分からない。

彼女が消えるということは、牡丹一華が帰ってくるということ。

それは、彼女達の家族が渇望していた、牡丹一華のハッピーエンド。

だけど……、だけど、私にとっては……

「い、一華……。いちかぁ……」

熱くなった目頭から、不要なものが溢れ出した。

どうして？　どうして、いつも私の大切な人は消えてしまうの？

どうして、私のお友達はいなくなってしまうの？

「なぁ、パンジー。……お前は、何を考えているんだ？」

本来であれば、伝えるべきではない。

だけど、感情の波にのまれてしまった私は、抗えなかった。

私に……、いえ、私達に何が起きたか。

私が何をしようとしているかを、サンちゃんに全て伝えてしまった。

「どういうことだよ、それ！　ビ、ビオラが交通事故⁉　しかも、寝たきりの状態って……生きてるんだよな⁉　ビオラは、生きているんだよな⁉」

「…………」

狼狽するサンちゃんへ、私は静かに首を縦に振る。

私の話は、彼にとっても予想外だったようだ。

「なんであいつが、そんなことに……くそっ！」

サンちゃんが、強く拳を握りしめる。近くにあった壁に拳を叩きつけようとしたが、すんでのところで理性が働いたようで、それを止める。

彼はピッチャーだ。手に怪我を負うわけにはいかない。

「……事情は分かったよ……。けどな、パンジー。それはダメだろ！」

どうにか手を傷つけることをやめたサンちゃんが、私に強く訴える。

「今すぐやめろ！　お前はお前だ！　いくら助けてもらったからって、いくら恩があるからって、あいつの代わりにジョーロの恋人になるなんて……間違ってる！」

「間違っていないわ。私は、パンジーだもの」

「……っ！」

やっぱり、止められた。だけど、それで簡単に譲れるような気持ちではない。

私がここにいられるのは、全てビオラのおかげ。私の命は、ビオラが繋いでくれたものだ。

だからこそ、

「サンちゃん、お願い。誰にもこのお話はしないで。私は、パンジーなの。私は、パンジーとしてジョーロ君の恋人にならなくてはいけないの」

「い、いや、それは……」

「お願い。……私は、ビオラの願いを叶えたいの……」

「…………………」

私の必死の懇願に、サンちゃんは何も答えない。

明日は体育祭。私は、早くヒイラギの下に行かないといけないのに、早くジョーロ君の下に行かないといけないのに……、その想いが全て消えてしまったかのような錯覚にとらわれた。

「……これは、ジョーロとお前達の話……だよな」

長い沈黙の後、サンちゃんはそう言った。

そして、いつもの元気な笑顔ではない、冷静な瞳を向けると、

「分かった……。俺はこのことを誰にも伝えない。……約束する」

その言葉に、私は心から安堵した。

「ありがとう。……本当にありがとう……」

「だけど……、何もしないわけじゃない」

「どういう、こと？」

「俺は、お前がやろうとしていることは間違えていると思ってる。だから、俺なりの方法で、手を打たせてもらうよ」

どうして、こうなってしまうのだろう？

どうして、私の願いは叶わないのだろう？

順調なはずだった。大きな障壁はあるが、私の計画自体は誰にも知られないはずだった。

なのに、葉月君には気づかれかけ、サンちゃんには知られてしまった。

「何をするつもり？」

「ちょっとしたメッセージを送るだけさ。俺は、お前とビオラを助けられない。だからこそ、助けられる奴に伝えるだけだよ」

サンちゃんが、優しい笑顔で真っ直ぐに私を見つめる。

本当はそんなメッセージも止めたい。だけど、私には止められない。

心の中で願ってしまっているからだ。

「パンジーをパンジーに成らせてやれってさ」

彼が、私を助けてくれることを。

❈

――高校二年生　土曜日　体育祭後。

体育祭は終わりを告げた。最終的な結果は、全て私の理想通り。

ヒイラギは、（まだ完全とは言えないけど）勇気を持つことに成功し、人見知りを克服する第一歩を歩み始めた。勝負もヒイラギ側が勝利し……、私によってこっそりとツバキ側に所属だけさせられていたジョーロ君へ、どんな命令でも一つ聞かせられるようになったのだ。

だけど、何もかもが理想通りという結果にはならなかった。

「ねぇ、ジョーロ君。こうしていると少しだけ思い出さない？」

『ゲンキな焼鳥屋』の近くにあるひと気の少ない駐車場で、私は正面に立つジョーロ君へと語り掛ける。隣には、コスモス先輩、ひまわり、あすなろ、サザンカの四人。

みんな、どこか真剣な表情でジョーロ君を見つめている。

「思い出すって……、何をだよ？」

「今年の地区大会の決勝戦で、貴方が葉月君に勝った後のことよ」

「うっ！」

体育祭の結果自体は、私の理想通り。

だけど、そこに至るまでに予想外のことが起き過ぎた。

病院での葉月君との出会い、体育祭前日のサンちゃんとのやり取り、そして体育祭当日の……牡丹一華との再会。それもあってか、私はすぐに本題へと入れずにいた。

「あの時、貴方は全員に対して気持ちを伝えた。だけど、それではやっぱり納得できないの」

迷いは一瞬。病室で眠るビオラ、少しずつ目覚める兆候を見せる彼女の願いを叶えるためにも、私はこの言葉をジョーロ君へ伝えなければいけない。

「まさか……、てめぇの俺への命令ってのは……」

「ええ。今度こそ、ちゃんと一人だけ……、ジョーロ君が一番大事な人にだけ、貴方の気持ちを伝えてほしいわ」

自然と手に力が入る。

今から私が伝えることは、間違っていないだろうか？

「だからね……、ジョーロ君」

「な、なんだよ？」

いいえ、たとえ間違えていたとしても、やらなくてはいけない。

今の私達の関係は、とても歪。

ビオラだけじゃない。他のみんなのためにも、これからのためにも伝えないといけない。

「一人だけに、貴方の答えを聞かせてちょうだい」

「お、俺は……」

ねぇ、ジョーロ君。貴方は誰のことが、一番大好きなの？

地区大会の決勝戦では、みんなが大好きといっていたけど、全員に同じ気持ちなの？

それとも……

「二学期のおしまいにね」

「……は？　い、今じゃなくて……、二学期のおしまい？」

「ええ、そうよ」

何とか冷静さを保って伝えたけど、体は正直だ。手が震えてしまった。

私が定めたタイムリミット。もしも私以外の人がジョーロ君の恋人になったら、もしもビオラが二学期のおしまいまで目を覚まさなかったら……。

そして、もしも私がジョーロ君の恋人になって、ビオラと入れ替わったら……

「情けないのだけどね……、私達も怖いの」

「怖い？」

「でき上がった関係に変化を加えるのは、……とても勇気がいるわ」

「…………っ！」

本当は、いつまでもこの関係でいたい。

ずっとずっとジョーロ君と……みんなと一緒に、図書室で過ごしていたい。

だけど……

「でも、私達はいつまでも高校生ではいられない。いつか、必ず変わってしまう。その時に、答えが知れないのは嫌なの。……だから、二学期のおしまい。今でもなく、三学期でもなく、二学期のおしまいに、貴方の気持ちを教えてちょうだい。これは、絶対よ」

それは決して叶わない願い。私達が高校生である以上、いずれ卒業という別れが来る。限られた時間の中で取捨選択し、やるべきことをやらなくてはならない。

私の言葉に、一緒にジョーロ君を見つめているコスモス先輩達も頷く。

ジョーロ君、貴方はとても優しい人。

だけど、その優しさがあるが故に、いつも自分よりも周りを優先する。

いいの。たまには我侭になって。私達の誰にも気を遣わないで、気持ちを伝えて……。

「分かった。二学期のおしまい……、そこでちゃんと伝えるよ」

「ええ。楽しみにしてるわね。……ジョーロ君」

これで、私のおしまいが定められた。

だけど不思議と悲しい気持ちにはならず、どこか穏やかな気持ちが生まれる。

きっと、覚悟が決まったからだろう。

私は、ジョーロ君の恋人には決してなれない。いえ、本来なら望んですらいけないの。

心の中に残っていた残滓（ざんし）が、今度こそ完全に消え去った。

私は、パンジー。

パンジーとしてジョーロ君の恋人になって、…………消えていこう。

――高校二年生　十二月三十日　十七時四十五分。

「……あと、十五分ね」

遂に、本当の意味でのおしまいの時間が私に近づきつつある。

十二月三十日の十八時。

私が、ここで彼を待ち続けるのは、その時まで。

もしも、時間になっても彼が現れなかったら、今度こそ本当におしまい。

「やっぱり、無理よね……」

分かっていたことだ。私が、残した情報はあまりにも漠然としている。

恐らく彼は、私の所在地が、『私と彼の共通の場所』であることまでは突き止めるだろう。

そこに加えて、私がお友達に伝えた言葉も聞いているかもしれない。

ヒイラギに伝えた、『彼が余計なことをした場所』。

コスモス先輩に伝えた、『幸せと不幸を同時に生む場所』。

サザンカに伝えた、『みんなの場所』。

ひまわりとあすなろに伝えた、『始まりの場所』。

でも、ごめんなさい……。

実は、その情報を全て集めても、私の正確な場所は分からないの。

だって……

「もうすぐ終わることよ……」
私は、何を名残惜しく下らないことを考えているのだろう？
十二月三十日の十八時までに、彼がここに現れなかったら、そこで本当におしまい。
何度も何度も考えて、そう決めたことじゃない。
だから、これでいいの。
このまま、私は彼に会うことなく、この場所を去っていく。
そして、彼はパンジーの恋人として大晦日を迎える。
十二月三十一日は、パンジーの誕生日。
今度こそ本当の恋人になった彼は、きっとパンジーを心から祝福するだろう。
もしかしたら、素敵なプレゼントも用意しているかもしれない。
いったい、何を渡すつもりかしら？　私がそれを知る日は決して来ない。
「……あと五分ね」
時計が、十七時五十五分を示す。徐々に人が増え始めたそこで、私は立ち尽くす。
胸の内から、「もう少しだけ、待ってみたら？」という声が聞こえてきた。
ダメよ……。帰らないと、ダメ。私はもうパンジーじゃない。
だからこそ――
「ははっ！　何とか、一番乗りに間に合ったみたいだな！」

その時だ。私の背後から、一人の男の子の声が聞こえてきた。

「間に合うかどうか分からなかったけど、ギリギリセーフだ！　まぁ、お前を逃がさないっていう熱き想いがある以上、帰られても追いかけてたけどな！」

それは、彼の声ではない。それは、彼の姿ではない。

だけど、一人の男の子が私の下へと辿り着いた。

「サン、ちゃん……」

「おう！　久しぶりだな！」

どうして、サンちゃんは私がここにいることが……そういうことね。

恐らく、彼は私が残した情報は何一つ知らない。

だけど、それ以上の……もはや、反則とも言える方法で彼は私の居場所を知ったのだ。

だって、彼は……

「待ち合わせに遅れた、一華のおかげさ」

私の正確な居場所を知っている、たった一人の女の子と強い絆で結ばれているのだもの。

「……アネモネは、元気にしてたか？」

「ええ。相変わらずだったわ」

本当に最初から最後まで、アネモネは私を困らせてくれるわね。

まさか一華にサンちゃんとの待ち合わせをすっぽかさせて、私のところに来るなんて。

そんなことをしたら、後でサンちゃんに気がつかれて当然じゃないの。

「そっか……。なら、よかったよ！」

サンちゃんは、これ以上アネモネのことを私から聞くつもりはないようだ。

だから、私もサンちゃんへ何も伝えない。

サンちゃんが、私達と彼の間に必要以上に踏み込まなかったように、私もサンちゃんとアネモネの間に必要以上に踏み込むべきではない。

「俺が何のために来たかは、分かってるか？」

当たり前じゃない。

貴方は、私にもう少しここにいろと言うつもりなのでしょう?

体育祭前日での約束通り、サンちゃんは今まで彼に何の事情も伝えないでくれた。

それに対しての感謝はあるけど……、かといってそのお話だけは聞くつもりはないわ。

私はもう決めているの。強く……強く決意しているの。

十二月三十日の十八時までに、彼がここに来なかったら全てをおしまいにするって。

大体、仮に少し時間を稼いだところで、どうだというの?

彼が、ここに来るとは限らないわ。

そもそも、まだヒイラギ以外からは何も聞いていない可能性だって——

「アイツは来るよ」

「……っ！」

その言葉を聞いただけで、私の決意はいとも容易くひびが入った。

あんなに何度も自分に言い聞かせていたのに、あんなに何度も決意していたのに、こんな簡単な言葉で、その決意にひびが入ってしまう。

「もちろん、俺からは何も伝えてない。それをしたら、ルール違反だからな」

「だとしたら、本当に来るかなんて……」

「絶対に、アイツは来るよ」

やめて。そんな真っ直ぐな言葉を私に届けないで。

ひびが大きくなってしまうから……。決意が崩れてしまうから……。

「ごめんな、パンジー」

「それは、誰に対して言っているのかしら？」

ひびを大きくされたのが悔しくて、つい棘のある言葉になってしまった。

あぁ、どうして私は不必要に人を傷つけてしまうのだろう？

サンちゃんは、私のためを想って言ってくれているというのに……。

「どっちもだ。お前達を苦しめたのは、俺が弱かったからだ。情けなくて弱くて臆病者の俺のせいで、お前達に迷惑をかけた。俺がもっと強かったらって、ずっと後悔してたんだ……」

「ち、違うわ！　サンちゃんじゃない！　私の……、私のせいなの！　私が、もっと強ければ、私に勇気があればこんなことにはならなかったの！」

最初から、彼女のことだけを考えて行動していれば、それでよかった。

彼に対して気持ちを抱きそうになった時、その気持ちを封じ込めればよかった。

そうすれば、こんなことにはなっていない。もっと別の未来が待っていたのだから。

「だとしても、俺がやったことがなくなるわけじゃない。ずっと、ずっと……考えてたんだ。どうしたら、パンジーに……、アイツにけじめをつけられるかって」

「だから、貴方（あなた）は……」

「精一杯の時間稼ぎ。何とか同点までくらいついて、延長戦に突入させる。パンジーと、アイツのために……」

もういいじゃない。貴方（あなた）は十分にやってくれたわよ。

貴方（あなた）がいたから、パンジーは彼に恋心を抱けたの。

パンジーが彼に恋心を抱いたからこそ、私はパンジーと出会えた。

貴方（あなた）がいたからこそ、私は彼に恋心を抱けた。

みんな、みんな……貴方（あなた）がいてくれたおかげなの……。

「どんな結末になっても、俺は文句を言わない。だけど、それには条件が付く。しっかりと、お前とアイツが会ってお互いの気持ちをぶつけ合うこと。……だって、そうだろ？」

どうして、サンちゃんはそこまで私達にこだわるのだろう？

別にそこまでしなくても……

「それが、三色院菫子が俺とアイツにしてくれたことなんだから」


「〜〜〜っ!!」

そうだ、私だ。

今年の一学期に、私がそれを彼とサンちゃんに対して行ったんだ。

歪になってしまった絆を元に戻すため、私は二人が本音でぶつかり合える場所を作った。

だから、サンちゃんは……

「そういうことだ！　ちなみに、そう思ってるのは俺だけじゃないぜ？」

「どういう、こと？」

私の疑問に、サンちゃんは言葉ではなく行動で示した。

その大きくてたくましい手で、私の鞄を指し示したのだ。

「スマートフォン、見てみろよ」

導かれるままに、私は鞄の中からスマートフォンを取り出す。

そして、その画面を確認すると、

『自信を持ちたまえ。君は、私達全員に勝ったんだよ？　そんな君が、私達が一番欲しかった権利を手放すなんてことは、やはり看過できないな』

『ねね！　春休みにね、ライちゃんがこっちに遊びに来るの！　みんなでいっしょに遊ぼっ！　わたしたちは、いっしょーいっぱいお友達！　だから、逃げちゃダメ！』

『あんた、なに逃げてんのよ！　言っとくけど、あたしはあいつを諦めてないからね！　あんたが逃げるなら、その隙にあたしがもらっちゃうんだから！』

『あの人は、私達全員から話を聞きましたよ！　まだちょっと混乱していたようですが、それでも必ず貴女の下まで辿り着きます！　ですから、もう少し待ってみませんか？』

『ちょっとボクと聖戦でもやらないかな？　あの人が君のところに来たらボクの勝ち、来なかったら君の勝ち。前は負けちゃったから、雪辱戦をしたいかな』

『むふ！　むふふふ！　三色院先輩は、相変わらず捻くれてますねぇ～！　本当は会いたくて会いたくて仕方ないのに、隠れちゃうなんて！　でも、大丈夫ですよ！　私の奴隷は、必ず貴女の下に辿り着いちゃいますから！』

『やほ、董子っち！　ちょっち寒いかもしれないけど、もうちょっちだけ待っててね！　今から、すっごくあったかい人がそっちに行くっしょ！』

『神は、必ず貴女の下に辿り着く』

『事情はよく分からんが、勝負から逃げ出すのは感心せんぞ。打席に立て。貴様には、その権利があるはずだ』

『僕って君に迷惑ばっかりかけてたからさ、もう一つ迷惑をかけようと思うんだ。寒いだろうけど、そこでまだ待っててよ。もうすぐ、アイツが君の前に現れるからさ』

『董子ちゃん、待っててほしいの！　董子ちゃんがいなくなっちゃうの、やなの！　これからも私を甘やかしてほしいの！　私、董子ちゃんがとってもとっても大好きだから、ずっとずっと一緒にいたいの！　私と董子ちゃんは、とってもとっても仲良しなのぉ～！』

「うっ！　ぅぅぅぅぅ……」

自然と瞳から、不要なものが溢れ出る。

どうして？　どうして、私なんかのために貴方達はここまでしてくれるの？

私は、ずっと嘘をついていた。ずっと貴方達に、本当のことを言わなかった。

なのに……

「みんな、お前のことが大好きなんだよ」

こんなのは卑怯だ。

私の決意はもうひびだらけ。今にも崩れ落ちそうになっている。

だって、そうでしょう？　私だって、私だって……

「私だって、みんなのことが大好きよ……」

再び、私のスマートフォンが振動をした。

そして、そこに表示されていたメッセージは……

『パンジーは、中途半端な決着なんて望んでいないの。だから、正々堂々、その場所で決着をつけるわよ。分かったわね？　無様に逃げたドブネズミさん』

第四章

「よし！　着い……うげぇ！」

西木蔦高校から大急ぎで出発し、俺達はとある場所へと辿り着いていた。

ここに間違いなく三色院菫子はいる。いるのだが……

「なんっつー、人だよ……」

どこを見ても人だらけ、三色院菫子の姿が見えないどころか、仮に近くにいたとしてよほど接近しない限り発見できそうにない。

「た、たたたた大変なの！　しっ！　知らない人で溢れてるの！　こんな場所にいたら、死んじゃうの！」は、早く菫子ちゃんを見つけないと、私も菫子ちゃんも死んじゃうのぉぉぉ!!」

「わっ！　ヒ、ヒイラギっち、落ち着いて！　大丈夫っしょ！　危ない人はいないっしょ！」

あまりの人の量に、ヒイラギが軽いパニック状態に。

チェリーの体にピッタリと張り付いて、まるで離れようとしない。

「ひょわっ！　とんでもない人の量です！　むふふ！　仕方ないですねぇ～！　ここは、私の魅力で全員を引き連れて……むぎゅ！　特正先輩、何をするんですか！　いきなり、首根っこを摑まないで下さい！」

「大人しくしていろ」

「むっふー！　特正先輩は、やっぱり意地悪です！」

何やら訳の分からないことをしようとしたたんぽぽを、フーちゃんがストップ。

やっていることは乱暴だが、一応本人なりに心配しているのだろう。

残念なことに、まるで伝わってはいないが……。

「ジョーロ、どうする？　この人数だと……」

「そうだな……」

さすがに、この人数に驚いたのか、ホースも少し弱気な声を出している。

「もう諦めたほうがいいのではないかしら？　こんな大勢の人がいる場所に、臆病者のあの子が残っているはずがない。大体、時間だって……」

スマートフォンを確認。時刻は十八時二十分。

本来であれば、もうとっくに三色院菫子はこの場を去っているだろう。

だけどな……。

「絶対にいる」

「なぜ、言い切れるのかしら？」

「サンちゃんが、そう言ったからだ」

今まで俺は、様々な悪戦苦闘を経験してきた。

予想外の裏切りなんて、数えきれないくらい味わった。

だけど、だからこそ信じるものを見失わない。

サンちゃんが、『時間を稼ぐ』と言ってくれた。

本当なら、これ以上協力できないって言っていたのに、無理を承知でやってくれたんだ。

だとしたら、俺はそれを信じてあいつを探すだけだ。

「最初から最後まで、私達を悩ませるのはジョーロ君と大賀君の絆なのね」

私達、か……。

『パンジー』にとって、俺とサンちゃんの絆がどんなものなのかは、分からない。

だけど、『パンジー』がいたからこそ俺達は……

「みんな！　わりぃが手分けして探してもらえるか⁉　もし、あいつを見つけたら、すぐ俺に連絡してほしい！」

「分かったっしょ！　ヒイラギっち、ホースっち！　うちらはあっちから探すっしょ！」

「こ、怖いの！　でも、菫子ちゃんに会いたいのぉぉぉ‼」

「チェリーさん、くれぐれも他の人に迷惑をかけないで下さいね！　くれぐれも！」

「むふふ！　それでは、私は反対側から！　特正先輩、行きますよ！」

「はぐっ！　手！　手を繋ぐだと⁉　……くっ！　状況が状況とはいえ……ジョーロ、俺なりにやれることはやってみるが……もしも途中で力尽きたら……すまん……」

ここまで付き合ってくれた、チェリー、ヒイラギ、ホース、たんぽぽ、フーちゃんの五人が二組に分かれてそれぞれ走り出す。

誰かが見つけてくれればと願うが、できることなら……

「よし！　パンジー、俺達も……」

「少し待ってほしいわ。ジョーロ君」

駆け出そうとした瞬間、虹彩寺菫が冷静な声で俺を止めた。

「……なんだよ？」

たずねつつも、俺は薄々と感づいていた。

俺達が二人きりになったら、虹彩寺菫は必ず何かをやると。

「ここで貴方がしらみつぶしにあの子を探せば、もしかしたら見つけることができるかもしれない。でも、もっと確実にあの子を見つける方法があるとしたら、貴方はどうする？」

「…………」

強い決意と、僅かな寂しさを映し出す綺麗な笑顔。

その笑顔が、俺に確信をもたらす。

やっぱり、そうなんだな……。

「私があの子だったら、当てずっぽうで見つけられてしまっては少し複雑な感情を抱いてしまうわ。見つけてもらうなら、正確な場所を把握してから見つけてほしいもの」

これまでに俺は、三色院菫子が特に仲良くしていた連中から、あいつのいる場所のヒントを集めていた。

チェリーの言葉で気がつけた、『如月雨露と三色院菫子にだけ関係する場所』。

ヒイラギから教えてもらった『如月雨露が余計なことをした場所』。

コスモスから教えてもらった『幸せと不幸を同時に生む場所』。

サザンカから教えてもらった『みんなの場所』。

ひまわりとあすなろから教えてもらった『始まりの場所』。

パッと考えると、これでヒントは全て集まったようにも思えるだろう。

事実、ヒイラギは俺に、ヒントを伝えられたのは、コスモス、ひまわり、サザンカ、あすなろの四人だと言っていた。

……けど、もう一度ヒイラギが伝えてくれた言葉を思い出してみろよ。

『それなら、大切なお友達に少しだけ、自分のいる場所を伝えておく。あの人に教えたかったら、教えてもいい』

最初から、そう言われていたんだ。

三色院菫子にとって、大切な友達。

そいつらが、三色院菫子の場所のヒントを持っている。

聞いているのは、ヒイラギ、コスモス、ひまわり、あすなろ、サザンカ。

そして……

「パンジー、てめぇもヒントを受け取っていたんだな」

まだ、全てのヒントは集まっていなかったんだ。

「ふふふ……。正解よ」

今までとは違う、まるで妹を祝福する姉のような笑顔を虹彩寺菫が見せる。

どうりで、ヒントをかき集めてもあいつの正確な居場所が分からないはずだ。

最後のヒント。それを手に入れた時、初めて俺は三色院菫子に辿り着けるってわけか。

「私も、あの子から一つヒントを聞いている。ジョーロ君は、それを知りたいのよね？」

「ああ」

「でも、教えてあげるには条件がいるの。それが何かは、分かっているのかしら？」

「『虹彩寺菫の目的』を達成することだろ？」

「とても嬉しいわ」

俺が解決しなくてはならない二つの問題。

『三色院菫子の居場所』、『虹彩寺菫の目的』。

この二つで、俺が先に解決すべきだと判断したのは『三色院菫子の居場所』だった。

ここに来るまでの俺が、『虹彩寺菫の目的』を理解していなかったからだ。

だけど、今はもう違う。

俺は、『虹彩寺菫の目的』が何かを理解している。

解決しようと思えば、すぐにでもできる。だけど……

「いいんだな？」

その目的は、あまりにも哀しい結末を生むからこそ、俺は解決できなかった。

「ええ。構わないわ」

虹彩寺菫が真っ直ぐに俺を見つめ、笑顔を浮かべる。

怒ったり、不貞腐れたり、困ったり、笑ったり……この短い間で、虹彩寺菫は様々な感情を俺に向けてくれていた。きっとそれは、虹彩寺菫が恋人にだけ向ける表情なのだろう。

「……分かった」

静かに決意を口にする。

たとえ、どれだけ哀しい結末を生もうとも、どれだけ虹彩寺菫が悲しもうとも、

「『虹彩寺菫の目的』を達成するよ」

やると決めたらやる。それが俺のモットーだから。

「まず、こいつを受け取ってくれ」

最初に行ったのは、鞄の中から一つの紙袋を取り出すこと。

そして、それを虹彩寺菫へと手渡した。

「何かしら？」

「明日はパンジーの誕生日だろ？　だから、誕生日プレゼントだよ」

「ジョーロ君、それは普通当日に渡すものではないかしら？」

「明日は渡せそうにないから、今渡す」

「……そう」

小さな返事をした後、虹彩寺菫は俺から紙袋を受け取った。

繊細な動作でその紙袋の中身を確認し、少しだけ目を見開くと、

「とても素敵なプレゼントね」

俺が『パンジー』のために用意したプレゼント……手袋を身につけた。

「これがあれば、ジョーロ君と手を繋げなくても温かいわ」

決して、そんな意図があったわけではない。

ただ、用意したものが、たまたまそういう風にも感じられるものだっただけだ。

「どう？」

「似合ってるよ」

「ありがとう。とても嬉しいわ」

手袋を身につけた後、虹彩寺菫はそっと俺の手を握りしめる。

拒むことはしない。当然だ。今の俺は、パンジーの恋人なのだから。

「本当に、てめぇらは似た者同士だったんだな」

「………」

俺の言葉に、虹彩寺菫は返答をしない。

「やってることが中途半端なんだよ。俺の恋人になりたいとか言いながら、三色院菫子を探すのに協力するなんて、本来ならあっちゃならねぇ。俺がアイツを見つけられないほうが、てめぇにとっては都合がいいんだからな」

「その件なら言ったじゃない？　ジョーロ君のお手伝いをしたほうが、貴方に好感を持ってもらえると判断したから、そういう行動をとるって」

「ああ。てめぇは嘘をつかねぇ。だから、そいつも本当なんだろうな。……でもよ、それ以外にも理由はあるだろ？」

虹彩寺菫は、自分本位に行動していると思っていた。

最初から最後まで、俺の恋人になるためだけに行動していると思った。

だが、それは間違いだったんだ。

「三色院菫子のために、てめぇは俺に協力してたんだろ？」

当たり前だよな？　前に起きた交通事故でも、虹彩寺菫は身を挺してまで三色院菫子を守ったんだ。そんなこいつが、三色院菫子のために何もしないはずがない。

一見すると、何も悩んでいないように見えて、こいつはこいつでずっと悩んでいたんだ。

このまま、三色院菫子の願い通りに行動するか。

はたまた、三色院菫子のために、俺とアイツを会わせるかを。

「……当たり前じゃない」

少しの間をおいて、虹彩寺菫がそうつぶやいた。

「あの子は、私にできた初めてのお友達よ。中学生の時から、ずっと相談に乗ってもらってい て、お菓子の作り方を教えてもらって、ずっとずっと助けてもらっていたとても大切なお友達。あの子がいたから、今の私がある。あの子がいたから、私は私でいられたの」

きっと、三色院菫子も虹彩寺菫に同じ気持ちを抱いているのだろう。

お互いがお互いを大切に想うが故に、二人ともどっちつかずの行動を取ることになったんだ。

「初めてあの子に出会えた時、本当に嬉しかった。初めて私を理解してくれる人に出会えたから。一緒に過ごした時間は、全部私の宝物。私は、幸せになりたい。……でも、あの子にも幸せになってほしいの……」

今まで抑え込んでいた気持ちが溢れるかのように、虹彩寺菫の瞳から涙が流れる。

「だけど、あの子は私の幸せを望んでいた。私の幸せだけを望んでいた。そのために、自分を犠牲にして。そこまでされて、その気持ちをないがしろにしていいか、分からなかった……」

知ってるよ。だからこそ、虹彩寺菫はこれまで俺の恋人として過ごしていたんだ。

それは決して、自分のためではない。

三色院菫子のために、虹彩寺菫は俺の恋人を演じていた。

「ずっと、そうだったんだな……。てめぇは、三色院菫子の願い通りに、自分がやりたかったことをやり続けていたんだろ？」

「…………」

俺が『虹彩寺菫の目的』に気がつけたのは、三色院菫子探しをしている途中。

こいつは、俺が恋人らしいことをすると、一つ情報を与えてくれていた。

だけど、それ以外にも一度だけ別の条件を満たした時にも情報を与えてくれたんだ。

それは……

「沢山の友達と一緒に過ごすこと。これも、やりたかったことだったんだな？」

「ええ。その通りよ……」

『虹彩寺菫の目的』は、『自分が望んでいた未来を経験すること』。

本来なら西木蔦高校に通って、三色院菫子と図書室で過ごすはずだった未来。

沢山の友達と一緒に、毎日を楽しく過ごす未来。

その未来は、様々な障壁にぶつかってしまって訪れなくなってしまった。

だからこそ、その未来を少しでも実現したかった。

俺の恋人になりたいという気持ちも、もちろん本当にあったのだろう。

だが、それ以上に虹彩寺菫が望んでいたものは……

「悩んだり、はしゃいだり、喧嘩をしたり……本当の自分を見せられる場所が、欲しかったんだな……」

虹彩寺菫が小さく頷く。

「大丈夫だよ。てめぇには、もうそれがある」

今日までの経験を通して、虹彩寺菫の世界は大きく変化した。

西木蔦にも唐菖蒲にも、虹彩寺菫には沢山の友達ができたんだ。

今の虹彩寺菫は、もう中学時代のまともに話せる奴がいなかった虹彩寺菫とは違う。

ちゃんと、望んでいた未来の一つを迎えることができたんだ。

「でも、それもあの子が用意してくれていたもの……。あの子が、私を演じてくれていたからこそ、手に入れられたもの……。結局、私はあの子に助けられてばかり……」

それが、虹彩寺菫の心の枷となったのだろう。

自分の力ではなく誰かの力で得た友情。

それが、本物なのか、自分が受け入れてしまっていいのかが分からなかった。

でもな、虹彩寺菫。それは、受け入れていいもんなんだよ。

「きっと、三色院菫子も同じように考えてるよ」

「え？」

「虹彩寺菫がいたからこそ、三色院菫子は今の三色院菫子に成ったんだ。虹彩寺菫がいたから、あいつは西木蔦高校にやってきた。虹彩寺菫がいたから、あいつは俺達が繋がれる場所を作ってくれたんだ。だからさ……」

まだ、『虹彩寺菫の目的』は全て達成されていない。

あと一つだけ、本人ですら達成するべきなのか分からない目的が存在する。

でも、その前に……、

「ありがとう。……虹彩寺菫」

俺は、俺達を繋いでくれた始まりの少女へと感謝を告げた。

虹彩寺菫がいたからこそ、俺達は繋がれた。

虹彩寺菫のおかげで、俺はみんなと強い絆で結びつくことができたんだ。

そんなこいつに、感謝を伝えないわけにはいかねぇよな。

「ふ、ふふふ……。ど、どういたしまして……」

涙を流し、しゃがれた声でビオラが微笑む。

「な、なら……、私が最後に一つだけ、ジョーロ君にしてほしいことは分かっているわね？」

分かってるさ……。

最後の目的を達成した瞬間、俺は三色院菫子の情報を手に入れられる。

虹彩寺菫が望む、最後の『虹彩寺菫の目的』。

その答えは、昨日の西木蔦高校の図書室での虹彩寺菫の言葉にあった。

『私の恋人は、決してあの子を見つけられない』

俺は、パンジーの恋人でいる限り、三色院菫子を見つけることができない。

だからこそ、

「パンジー。俺と別れてくれ」


パンジーの恋人をやめなくてはならないんだ。

最後の『虹彩寺菫の目的』の正体は、自分自身の肯定と拒絶。

パンジーを恋人であると肯定し、同時に恋人として拒絶する。

これが、虹彩寺菫にとって哀しい結末を生む……最後の目的だ。

「パンジーと過ごしてる時間は色々と混乱したけどさ、すげぇ楽しかったよ。あいつと似てるんだけど、ところどころ違うところがあってさ。……もし、パンジーが西木蔦高校に来てたら、俺はこのままずっとお前の恋人になってたかもしれねぇ」

「なら、どうして私と別れるの？」

涙を流しながら、虹彩寺菫が強く俺を見つめる。

そうだな……。虹彩寺菫と別れる理由か……。

「まぁ、なんていうかさ……」

今まで俺は虹彩寺菫と過ごしていて、一つだけ言っていないことがある。

俺は、その言葉を何度も何度も『パンジー』に伝えていた。

だから、その言葉を虹彩寺菫にも伝えよう。

いつも三つ編み眼鏡で、本当の姿を見せないアイツに苛立って、俺が言っていた言葉を。

「顔が、好みじゃねぇんだ」

右手の親指と人差し指をすり合わせながら、俺はそう伝えた。

「ふふ……。ふふふ……。本当に最低の理由ね。こんな可愛い女の子に対して、そんなことを言うなんて……。私は、好きになる人を間違えてしまったのかしら？」

「自己責任だ。諦めろ」

「ええ……。その通りね……」

気がつくと、俺を握りしめていた手は離れていて、虹彩寺菫は俺と少し距離を取っていた。

「ありがとう、ジョーロ君。私の最後のお願いを聞いてくれて……」

だけど、先程プレゼントした手袋だけは決して外さず、これだけは自分の物だと訴えるかのように、強く両手を握りしめている。

「お礼に一つ、貴方にとびっきりの情報を教えてあげる」

長かった俺と虹彩寺菫の物語の終わりを証明するために、

「『私にだけ気持ちを伝えてくれた場所』。そこに、三色院菫子はいるわ」

虹彩寺菫は、最後のヒントを俺に伝えてくれた。

「急げ！　急げ急げ急げ！」

虹彩寺菫に深く頭を下げた後、俺は即座に駆け出した。

ようやく、ようやく三色院菫子の正確な居場所が分かったぞ！

「はっ！　はっ！　はっ！　俺が、一番乗りをしてやるよ！」

協力してくれているみんなには悪いが、どうせなら俺が見つけてやりたい。

誰よりも最初に、あいつに……。

「……何を言えばいいんだ？」

そこでふと、俺は足が止まってしまった。

三色院菫子に会って、伝えるべき言葉はいくつもある。

だけど、その中で何を伝えるのか、どういう風に伝えるのかが、まだ決まっていない。

どうする？　変にかっこつけようとしても失敗するのが関の山。

こんな気持ちのまま、三色院菫子と会って――

「悩まなくても大丈夫んち……。私も一緒にジョーロを待ってるから。……辿り着けば自然と言うべきことは分かるんち。……んちちちち」

「え⁉」

その時、どこか懐かしく、心なしか悪寒が止まらなくなる声が、俺の背後から響いた。

【私は図書委員】

「はっ！　はっ！　はっ！」

体育祭が終わって少し経ったある日のこと、私は大急ぎで病院を目指していた。

私に入った一本の連絡。私が待ち望んでいた連絡が、ついに届いたのだ。

いつも放課後は、すぐに図書室に行っていた。

でも、今日だけは別。

図書委員の業務を全て放棄して、周りの目も一切気にせず、一心不乱に走り続ける。

辿り着いた目的地で、手が震えるのを必死に堪えながら受付用紙に自分の名前を記す。

だけど、どうしてもうまく書けない。

すると、看護師さんが「こっちで書いておくね。でも、病院では走っちゃダメだよ」と私に入館を許可するバッジをくれた。

普段よりもずっと大きな声で「ありがとうございます」と伝え、私は再び歩を進める。

あと少し、あと少しで……

「ビオラ‼」

――高校二年生　十月。

私の待ち望んでいた人の声が聞けるのだから……。

「パン、ジー……」

弱々しい体の動き。ずっと眠っていたからか、体を起き上がらせることすら難しいようで、首だけを僅かに動かし、ビオラはそう言った。

「ビオラ！　……ビオラ！」

すぐさま、彼女のそばへと駆け寄り、その体を抱きしめる。

あぁ、ビオラだ！　ビオラが、やっと目を覚ましてくれた！

私の大切なお友達が、帰ってきてくれた！

「う……。あぁぁぁぁぁぁ!!」

胸の内から湧き続ける喜びのままに、私は涙を流す。

「……ふふ。どう、して、貴女(あなた)が、泣く、のよ……」

弱々しいけど、確かに聞こえるビオラの声。

その声を耳にしながら、ただただ涙を流し続けていた。

❀

――高校二年生　十一月。

「次の日曜日は、お見舞いに来れないわ」

肌寒さを強く感じるようになった十一月の下旬。

まだ入院生活をしているビオラへ、私は端的にその事実を告げた。

十月に目を覚ましたビオラだけど、意識を取り戻したらすぐに退院というわけにはいかない。

次に彼女を待ち受けていたのは、リハビリの時間。

交通事故で眠ってしまった体の機能を蘇(よみがえ)らせるため、彼女は日々努力をしている。

「身を挺(てい)してまで貴女(あなた)を守った恩人をないがしろにするなんて、いったいどれだけ恩知らずなのかしら？　それとも心臓に剛毛でも生えているの？　まったく、汚(けが)らわしい存在ね」

容赦のない毒舌。遠慮せずに、私の弱みをついてくる言葉。

本来であれば不快に思う言葉でも、まるで不快に感じない。

だって、これこそがビオラだもの。私がずっと待ち望んでいたお友達だもの。

「修学旅行があるのよ。だから、来ようと思っても来れないの」

「私を連れていくという選択肢はないのかしら？」

「まるで、コスモス先輩のような言葉ね……」

今年の修学旅行。北海道に行くのは二年生だけなのに、コスモス先輩は何としてでも自分も参加しようと目論(もくろ)んでいる。

ジョーロ君に止められて、納得したような態度は見せていたけど、あれは恐らく仮初。

彼女は、どんな手段を用いてでも北海道にやってくるだろう。

「三年生の人が参加するつもりなら、他校の人が一人参加しても問題ないわよね？」

「問題しかないわ。そもそも、貴女はまだまともに一人で出歩くことすらできないのだから、素直にリハビリに励んでちょうだい」

「大丈夫よ。西木蔦高校の修学旅行に行けるとなったら、すぐにでも全ての体の機能が回復するに違いないわ」

「やめてちょうだい。ただでさえ、修学旅行には一つ問題があるのだから、更にもう一つ問題を抱えたくはないわ」

「問題？　何があるのかしら？」

「ひまわりの様子が、少しおかしいのよ」

「ひまが？」

「ええ」

繚乱祭を終えて少し経った頃から、ひまわりは随分と元気がない。

普段はあれだけ積極的な彼女が、ここ最近はずっと消極的。

ジョーロ君と必要以上にかかわろうとしないどころか、私達にまでどこか遠慮がちな態度が目立つようになっているのだ。

「何かあったのかしら？」

「逆よ。何もなかったからこそ、ひまわりは元気をなくしているの」

なぜ、ひまわりがそんな状態になってしまったかの心当たりはある。

二学期になってから起きた様々な問題で、ひまわりは少しだけ蚊帳(かや)の外(そと)に置かれがちだった。

もちろん、ジョーロ君のそばにいられないわけではない。朝練の無い日は毎朝、(私にとってはとても羨ましい)ジョーロ君と一緒に学校へ来ているし、彼のそばにいることはできた。

ただ、ジョーロ君の力になれていたかというと……本人はそう思えなかったのだろう。

結果として彼女は自信を喪失し、最大の武器である積極性を失ってしまったのだ。

ひまわりは、私にとって大切なお友達だ。だから、力になれるなら力になりたい。

でも……

「それは、ひま自身が解決すべき問題ね」

私の立場からひまわりに何か伝えても、それは哀れみになってしまう。

ビオラの言う通り、これはひまわり自身が解決すべき問題だ。

「ええ。だから、私も……何も言えないでいるわ」

『何も言えない』。その言葉を言った瞬間、私の胸がチクリと痛んだ。

ビオラが目を覚ましてから、私は彼女に色々なお話を伝えた。

西木蔦(にしきづた)高校で沢山のお友達ができたこと。

そのお友達と一緒に、色々なことを経験して、充実した毎日を過ごせていること。

だけど……、

「まるで、今の貴女みたいな状態ね」

ジョーロ君のことだけは、ほとんどビオラに伝えられていなかった。

彼の話題を出したのは、たった一度だけ。

ビオラが目を覚ました直後に、『ジョーロ君に恋人はできた？』と尋ねられたので、『できていない』と端的に伝えた。

ただ、それがまずかったのだろう。

ビオラは、私の態度から何かを悟ったようで、以来ジョーロ君の話題は一切出さなくなった。

そして、私はその優しさに甘え、ビオラにジョーロ君の話を伝えていない。

もちろん、私がやろうとしていることも……。

「その状態は、いつまで続くのかしら？」

ただ、やはり気になってはいるようで、時折こうしてチクチクとした言葉で、何とか私からジョーロ君の話を聞き出そうとはしてくる。

その度に私はうつむき、何も言えずに沈黙を保つ。

自分の弱さを痛感する瞬間だ。ホース君の問題も解決して、私を縛る枷は何一つなくなったと思ったのに、未だに私は弱い三色院菫子のまま。

所詮は、偽物のパンジーだ。

「……もう少ししたら、伝えられると思うわ」

でも、その時間はあと少しだけ。

もうすぐ、二学期の終わりが訪れる。そうしたら、私の役割はそこでおしまい。

ビオラとの交代の時間がやってくるのだから。

「ちゃんと話すわ。修学旅行が終わって、少ししたら必ず……」

この修学旅行で、ひまわりの件もあるけど、私は私でやるべきことがある。

ジョーロ君を除いた西木蔦の図書室のみんなに、自分の事情を伝えることだ。

正直に言えば、怖い。もしかしたら、みんなとの友情が失われてしまうかもしれないという恐怖もある。だけど、それでも私はやらなくてはならない。

だって、私にこんな沢山のお友達ができる機会を与えてくれたのは……ビオラだもの。

「分かったわ。私が喜ぶ内容にしてちょうだいね」

「当たり前じゃない」

これは、私の恩返し。

ずっと一人ぼっちだった私を助けてくれたビオラ、私に恋を教えてくれたビオラ、私の命を守ってくれたビオラ。私に全てを与えてくれたビオラへの、私ができる精一杯の恩返し。

だから、きっと喜んでくれる……。喜んでくれると、信じている。

「じゃあ、そろそろ行くわね。次に来るのは少し先になるから、それまでの間にできる限り体を回復させておいてくれると助かるわ」

「ええ。もちろんそのつもりよ」

優しい笑顔を私に向けるビオラ。どこか罪悪感を持ってしまった私は、そんな彼女の瞳から逃げ出すように病室を去ろうとする。

「待って、パンジー」

「……何かしら？」

病室で、ビオラに背を向けたまま私は返事をする。

「貴女(あなた)も、ちゃんと楽しんできなさいな」

「善処するわ」

❀

――高校二年生　十一月　北海道。

「――これが、私のやろうとしていることよ」

修学旅行の最終日前日。ひまわりとライラックの問題が全て解決された後の夜に、私はみんなへ事情を説明した。

自分とビオラに起きてしまったこと。その結果、私が何をしようとしているかを。

部屋にいるのは、ひまわり、サザンカ、あすなろ、ツバキ、ヒイラギ……そして、こっそりと修学旅行へ着いてきたコスモス先輩とたんぽぽだ。

「そんなのダメなの！　パンジーちゃん、おかしいの！」

私の話を聞き終えて、誰よりも最初に声をあげたのはヒイラギ。

話を聞き終えた瞬間、すぐさま私のそばへと駆け寄ってきた。

「ごめんなさい。でも、そう決めているから……」

「決めちゃダメなの！　そんなのされても、パンジーちゃんのお友達も嬉しくないの！」

そんなことはないわ。

ビオラはずっと、ジョーロ君の恋人になることを夢見ていたのだもの。

だから、喜んでくれるに決まっているわ。

そう自分に言い聞かせているのに……、ヒイラギの言葉は心に刺さってしまった。

仕方ないじゃない。だって、私には他に恩を返せる方法が分からないのだもの……。

「ビーちゃんが……交通、事故？　なんで!?　そんなの、おかしい！　ビーちゃん、元気にしてる!?　ビーちゃん、ちゃんとご飯食べてる!?」

次はひまわりだ。この中で唯一、ビオラを知っている彼女としては私のやろうとしていることよりも、ビオラの容態のほうが気になったのだろう。

「ええ。今は目を覚まして、毎日リハビリをしているわ。もう少ししたら、きっと元気になって、いつも通りの生活に戻れるはずよ」

「よ、よかったぁ～……って、よくないよ！　パンジーちゃん、ダメだよ！」

一瞬の安堵の後、即座にヒイラギと同じような言葉が飛んでくる。

だけど、それはヒイラギやひまわりに限ったことではない。

「すまないが、私も賛成できないね。仮に、君がジョーロ君と結ばれたとしても、その権利を他人に譲るなんて無責任だ」

「そうよ！　もし、あたしがその子の立場だったら、絶対に納得いかない！　パンジー、あんたもジョーロが好きなんでしょ！　だったら、そんな中途半端なことしてんじゃないわよ！」

「残念ながら先に戦線離脱してしまいましたが、私は最後まで挑み続けましたよ？　パンジー、貴女はそれをせずに逃げ出してしまうつもりなのですか？」

「ボクも、あんまり賛成できないかな」

ここにいる一人の少女を除いた全員が、私のやろうとしていることに反対している。

たった一人反対しないのは、

「むひゅひゅぅ～……。もう食べられませんよぉ～……」

今日一日、遊び疲れて眠ってしまっているたんぽぽだけだ。

起こして、事情を説明することもできた。でも、私の心のどこかから「彼女にだけは、話を聞かれてはダメ」と強く訴える声が聞こえてきて、どうしても起こせなかった。

「パンジーちゃん、考え直すの！　考え直さないなら、私がジョーロに──」

「お願い、ヒイラギ。それだけは、絶対にやめて……」

「でも、でも……うぅぅぅ！　私、分かんないの！　パンジーちゃんは、とってもとっても大好きなお友達なの！　だけど、だけどぉ……」

　ヒイラギがポロポロと涙をこぼす。それは、私のために流された涙だ。

　私だけの一方的な気持ちではない。彼女が私を大切に想ってくれていることが伝わってきて、自然と胸が温かくなっていく。だけど、それでも……

「ごめんなさい。私は、どうしてもやり遂げなくてはならないの……」

　臆病者の私は、別の道を進む勇気がない。

「やり遂げちゃダメだよ！　パンジーちゃんがやり遂げるのは、もっと別のこと！　みんなで、いっしょーけんめー頑張らなきゃダメなの！」

「パンジーさん、君は少し盲目的になっている。その問題は、君だけの問題ではないよ」

「そうですよ！　そこまで背負う必要はありません！」

「どうして、あんたが一人で解決しようとしてんのよ！　あたし達は、いつもみんなで解決してきたじゃない！　今回だって……」

「ん。すごく難しいけど、きっと他に方法はあるはずかな」

　それから先も、みんなから何度も何度も反対された。

だけど、私は決して首を縦に振らない。

自分の重荷をこれ以上、みんなに背負わせたくないから。

みんなのことが、大好きだからこそ……これ以上迷惑をかけたくない。


「……どうやら、決意は固いみたいだね」

しばらくの問答の末、コスモス先輩がそう言った。

あまりの剣幕だったからか、ひまわりは激しい息切れまで起こしてしまっている。

「分かったよ……。君がそこまで言うのであれば、私は君の意志を尊重する」

「……もう、好きにしなさいよ」

「パンジーちゃんがそうするなら、いいよ……」

「納得はできませんが……」

「仕方ない、かな……」

他のみんなもコスモス先輩に続いて、私のやろうとしていることを渋々とではあるが、受け入れてくれた。ごめんなさい、本当にごめんなさい……。

「やっ！　わたしは、やなの！　とってもとってもやなの！　パンジーちゃん、間違ってるの！　間違ってるなら、やっちゃダメなの！」

涙で腫れた目を真っ直ぐに向け、ヒイラギが叫ぶ。

どれだけの時間をかけても、彼女だけは説得することができなかった。

いったい、どうすれば……

「ヒイラギ、これ以上パンジーを困らせちゃダメかな」

「でも……でも……」

「大丈夫かな。もちろん、ただで協力するわけじゃないから」

不敵な笑顔のツバキ。同時に、悪寒が走る。

知っているからだ。この顔をしている時のツバキが、とても手ごわい相手だということを。

「どういう、ことかしら？」

「パンジー、君の事情は分かったかな。ジョーロに隠してほしいなら、ボクは言わない」

「……ありがとう」

「でも、条件があるかな」

「条件？」

「ん。君が万が一ジョーロの恋人になってビオラさんと入れ替わったとしても、すぐに姿を消しちゃダメかな。どこかに隠れててよ。そして、もしもそこにジョーロが辿り着けたら……」

そこまで言ったところで、他のメンバーが水を得た魚のように復活した。

「それは、いいアイディアだね！」

「あたしも賛成よ！　パンジー、もしあんたが恋人になったら、あんたはジョーロを待つの！

期限は……そうね！　大晦日になるまで！　ちょうど切りのいい日でしょ！」

「待ってちょうだい。そんなこと、突然言われても……」

「受け入れないなら、ボクがジョーロに話しちゃうかな」

「……っ！　本当に、貴女は……」

「ふふふっ。そう簡単に、自分の思い通りにできると思っちゃダメかな」

思った通り、ツバキは手ごわい相手だった。

私は一度、自分の我侭をみんなに受け入れてもらっている。

だからこそ……

「分かったわ。大晦日になるまで……、私はどこかでジョーロ君を待つわ」

この要求をのまざるを得なくなってしまった。

いったい、どこに隠れようか？　悩んだのは、ほんの一瞬。

すぐさま、私は一つの場所に決めることができた。

だって、あそこは………

「ヒイラギも、これなら納得してくれるかな？」

「うぅぅぅ！　とってもとってもやだけど……わ、分かっ……やっぱり、やなの！　もういっこ、お願いするの！」

ようやく折れてくれると思ったヒイラギだけど、まだダメだったようだ。

それに、お願いなんて……いったい、何を……

「パンジーちゃん、どこに隠れるか教えるの！　パンジーちゃんがどこにいるか分からないなんて、とってもとっても心配なの！」

どこにいるか教えるなんて、できるわけないじゃない。

貴女、ジョーロ君に私の隠れている場所を教えるつもりでしょう？

本当は、真っ直ぐにそう言いたかった。だけど、

「それなら、大切なお友達に少しだけ、自分のいる場所を伝えるわ。あの人に教えたかったら、教えてもいいわ」

揺らいでしまった決意の隙間から、自然とそんな言葉が漏れていた。

＊

——高校二年生　十二月二十三日。

「こんばんは。……今日は一つ、プレゼントを持ってきたの」

終業式を終えた翌日、私はビオラの病室を訪れていた。

「あら？　貴女にしては随分と気が利くじゃない！」

普段から感情を露わにするビオラではあるが、今日はいつもよりも上機嫌。

それも、そうだろう。今日は、彼女が待ち望んでいた日。

目を覚ましてから、ずっとリハビリを続けていたビオラが、ついに退院をしてもいいとお医者さんから言ってもらえたのだ。

「ふふふ。少し早いクリスマスプレゼントというわけね」

「ええ。気に入ってくれると嬉しいわ」

そんなビオラに、手芸部でパインに教わりながら作った水色の髪留めを手渡す。

「なんだか、少し歪ね。市販品らしくないと思うのだけど……もしかして……」

「ええ。私が今日、ジョーロ君と一緒に手芸部に行って作ってきたの」

「……っ！　そ、そう……」

ビオラが目を覚ましてから初めて、私は彼の名前を告げた。

分かり易く、体を震わせるビオラ。彼女が何を考えているかなんて、すぐに分かった。

「ねぇ、パンジー……」

「何かしら？」

「……その、ジョーロ君に恋人は……、まだできていないのかしら？」

横目で私をチラチラと確認しながら、期待と不安の入り混じった態度を示すビオラ。

できることなら、彼女の期待に応えたいけど、

「昨日の終業式で、ジョーロ君には恋人ができたわ」

私は、真実をビオラへと告げた。

「……そう、なのね……」

その反応は、少しだけ意外だった。私は、ビオラに『ジョーロ君に恋人』ができたことを伝えたら、もっと激しく取り乱すと思っていたが、予想以上にビオラは冷静だった。

ただ、もちろん落胆はしているようで、深く肩を落としているけど。

大丈夫よ。そんなに悲しまないで。

「ちなみに、いったい誰がジョーロ君と恋人になったの？　幼馴染のひま？　生徒会長の秋野さん？　クラスメートの羽立さんか真山さん？　それとも……」

「パンジーよ」

「～～～っ!!　そうよね……。そうでなければ、終業式が終わった後もジョーロ君と会っていないわよね……」

「ええ」

業務的に伝えられる私の返答。まだ、虹彩寺菫は気づいていない。

私が何を考えているか。私が何をしようとしているかを。

だから、

「おめでとうとは言わないわ。むしろ、最低よ。どうして、こんな素敵な日に――」

「だから、イヴの日はジョーロ君の恋人として、デートをしてちょうだいね。……パンジー」

今こそ伝えよう。今こそ実現しよう。私がやるべきことを。

「何を言っているの？」

「ジョーロ君は、パンジーの恋人になった。あとは、本物のパンジーが彼の前に現れれば、それでハッピーエンドよ」

「貴女、まさか……」

そこで、ようやく虹彩寺菫は気がついたようだ。

私が何をやろうとしているか。これまで、何を考えていたかを……。

「ダメよ！　そんなのおかしいわ！　ジョーロ君が好きになったのは、ジョーロ君の恋人になったのは、貴女でしょう⁉　なのに、どうして私が……」

「違うわ。ジョーロ君が好きになったのは、ジョーロ君の恋人になったのはパンジーよ」

「……っ！　それで、今まで何も話さなかったのね？」

「話が早くて助かるわ」

虹彩寺菫の鋭い視線を受けても、私は何も揺るがない。

もう全ては終わった後。彼女に知られて止められる前に、私は全てを終わらせたのだから。

「これが、今日持ってきた私のプレゼントよ」

「ふざけないで！　そんなプレゼント、いらないわ！　私は、私をジョーロ君に好きになってもらいたいの！　貴女の代わりに彼の恋人として会うなんて……」

自分の無力さに、どこまでも打ちひしがれる。

ヒイラギの言う通り、虹彩寺菫(パンジー)はまるで喜んでくれなかった。

むしろ、結果は真逆。烈火の如(ごと)き怒りを、私へと向けている。

「安心してちょうだい。私は、今日までずっと貴女(あなた)として過ごしていた。少し至らない点はあったけど、それでもほぼ完璧にやっていたわ。だから、ジョーロ君は貴女(あなた)に恋をする」

「だとしても、貴女(あなた)の気持ちはどうなるのよ⁉　貴女(あなた)だって……っ！　ねぇ、パンジー、こんなことやめましょう？　ジョーロ君の恋人になったのは――」

「『パンジー』を返す時がきただけよ」

「…………っ‼」

ずっとずっと、この時のために生きてきた。

私を孤独から救ってくれた虹彩寺菫(パンジー)。私を交通事故から守ってくれた虹彩寺菫(パンジー)。

彼女のために、私も力になりたい。それが、たとえ間違った方法だとしても……。

「ジョーロ君は、パンジーの恋人になった。西木蔦(にしきづた)の人達にも話は全て伝えてある。彼女達には反対されたけど、それでも最後は首を縦に振ってもらえたわ。……だから、あとは本物のパンジーが彼に会えば、それですべてが丸く収まる」

「収まらないわよ！　私は、こんなことを貴女(あなた)にさせるために――」

「お願い。……ビオラ」

「……っ！」

「私は貴女のおかげでとても素敵な毎日を送れるようになったの。……大切なお友達、大好きな人、全部貴女のおかげ。私は、そんな貴女にちゃんとお返しをしたい。だから、……貴女に、ジョーロ君の恋人になってほしいの」

「………………」

　私の必死な懇願に、虹彩寺菫は何も答えない。

　だけど、それから少し経つと、

「条件があるわ」

「条件？」

「ただ、貴女に言われた通りにジョーロ君の恋人になるなんて嫌。さっきも言ったけど、私は私をジョーロ君に好きになってもらいたい」

「それで、どうするつもり？」

「一つ、勝負をしましょ」

　不敵な笑みを浮かべた虹彩寺菫が、人差し指を突き立てた。

「勝負？」

「そうよ。私と貴女、どちらがジョーロ君の恋人になれるかを勝負する。パンジー……いえ、三色院菫子さん、貴女はどこかでジョーロ君のことを待ち続けなさい」

私の計画は、本当に思い通りにいかないことばかりだ。

どうして、虹彩寺菫(パンジー)までこんなことを言い出すのだろう？

まさか、修学旅行でみんなに言われたことと同じことを言い出すなんて……。

「もちろん、私は手を抜かないわ。ジョーロ君が好きな気持ちは何も変わっていないし、彼とやりたいことはうんとうんとある。……だから、私がやりたいこと、私が伝えたいことを全て実行して、彼に好きになってもらう。でも……」

その続きの言葉は、聞かなくても分かった。

「それでも、ジョーロ君が貴女(あなた)のいる場所に辿(たど)り着(つ)いたら、本当の気持ちを彼に伝えなさい」

「……善処するわ」

――高校二年生　十二月三十日。

『じゃあ、俺は行くぜ！　お前達が会う時に、俺がいたら邪魔になっちまうからね！』

サンちゃんはそう言って、いつもの元気な笑顔を私に向けた後、去っていった。

いったい、私はあとどれくらいここで待っていればいいのか？

明確な時間を定めなかったのは意図的なことなのか、はたまた少し抜けているからなのか、分からない。兎にも角にも、私はこの場所で一人立ち尽くしている。

「あと五分……。あと五分だけ……」

初めは十分程待ったら帰ってしまおうかと考えていた。

そもそも、私は午前十時からずっとここにいるのだ。

お腹もすいたし、とても疲れたし、何より……、とても寒い。

だから、早く帰りたい。温かいお家でゆっくり休んで、疲労をお風呂で流したい。

そのはずなのに……スマートフォンに表示されるメッセージ達が、私の足へと巻き付き、これで六度目となる『あと五分』という言葉を引き出す。

「かなり、多いわね……」

気がつくと、周囲には大勢の人達がやってきていた。

誰もかれもが、意気揚々とした表情を浮かべていて、私とは正反対。

今日を含めて、あと二日で今年が終わる。

その最後の締めくくりとして、この場所を訪れているのだろう。

ある意味、私とよく似ているけど、考えていることは正反対。

ここにいる人達は、来年を始めるためにここへやってきている。

でも、私は何もかもを終わらせるつもりでここへやってきている。

　──本当に？

「当たり前よ」

心のどこかから聞こえてきた声に、少し意地になって返答をする。

そもそも、当初の計画では、ここに来るつもりはなかったのよ。

ヒントだって残さないで、一人で消えていこうとしていたわ。

でも、それを止めた人達がいたの。底へ沈もうとする私の手を摑んで放さない人達がいたの。

お友達。

あの人達がいたからこそ、私はここにいる。

あの人達のメッセージが、私をここに縫い留めている。

「来ないわ……。来るはずがないわ……」

ここは、私にとって特別な場所。

眠っている虹彩寺菫に、決して伝えてはいけないことが起きてしまった場所。

だけど、あくまでも私にとってだけ特別な場所だ。

「覚えているわけがないじゃない」

もし、彼が私の残したヒントを全て集めても、きっとここには辿り着けない。

だって、彼はすぐに大切なことを忘れてしまう人だもの。

去年の地区大会で、優しくしてくれると約束したのに、優しくしてくれなかった。

虹彩寺菫のことを思い出してほしかったのに、思い出してくれなかった。

私の本当の気持ちに、気づいてくれなかった。

だから、来れるわけがない。

「そもそも、全然素敵な人じゃないわ」

彼と一緒に過ごしていて、苛立った回数なんて数えきれない程にある。

毎日、一生懸命お菓子を作っていったのに、「まぁ、美味い」なんて、あっさりとした感想。

私の苦労と全然見合ってないわ。

それに、お口もとても乱暴。特に私が嫌だったのが、「てめぇ」という言葉。

品格の欠片も無い言葉。よくあんな言葉を使えるわね。信じられないわ。

外見だって、全然私の好みじゃない。

身長だってそんなに高くないし、スタイルも良くない。特に嫌なのが、あの目よ。

ねじ曲がった性格を象徴するような、淀んだ目。本当に汚らわしいわ。

運動も勉強も中途半端で、秀でたものなんて性欲だけではないかしら？

なのに、いつもいつも偉そうにして……実力と結果を伴わせてから態度で示してほしいわ。

どうして、私がそんな人をここで待たなくてはいけないの？


「………………」


自分の思考の矛盾に気がつく。

私は、本物のパンジーへと入れ替わり、もう役目を終えた存在だ。

なのに、『待つ』なんて考えること自体が間違っている。

いえ、この行動自体がおかしいのよ。

いくら、大切なお友達から言われたからって、その通りに行動する必要はないじゃない。

何もせず、消えてしまうべきだったじゃない。

だって、そうでしょう？

私は、沢山の人に迷惑をかけた。沢山の人に嘘をついた。

自分がやっていることが最低だと理解しながらも、やめることをしなかったのだから。


「……やっぱり、もう……」


一歩踏み出そうとするが、足が動かない。逃げられるのに、逃げようとしない。

思考も行動も、全て矛盾だらけ。結局、私は何がしたいのだろう？

ふと、自分の髪の毛を触る。

昨日までは、本来の姿でここに立っていたけど、今日だけは別。

髪型を三つ編みにして、度の入っていない眼鏡をかけ、胸部をつぶす。

この姿なら誰にも注目されない。誰にも気にも留められない。

本来なら、この姿すら私はとってはいけない。

私はもう、『パンジー』ではないのだから……。

「誰がどこにいるかも分からないわ」

大勢の人の中に埋もれる私は、エキストラにすらなれない存在。

人混みの中に飲まれ、自分自身が消滅していくような感覚に包まれる。

でも、そうなるべきなのよ。

だって、私は本来ならここにいないはずの人間だもの。

「どうして、私だったのよ……」

あの日の事故で、私ではなく虹彩寺菫（パンジー）が助かるべきだった。

もし、彼女が助かっていれば、こんなことにはなっていなかった。

彼女は私と違って、どんなことがあっても決して自分の信念を曲げない強い人間だ。

何があっても、自分の目的を最優先で行動し、正式な形で彼の恋人になっていただろう。

あの事故の日、彼女と二人で西木蔦（にしきづた）高校へと向かう途中で、もう気づいていた。

彼の恋人になれるのは、私ではない。彼が好きになるのは、私ではない。

彼の恋人になれるのは、虹彩寺菫（パンジー）。彼が好きになるのは、虹彩寺菫（パンジー）。

私は、それでよかった。

大好きな二人が、幸せに過ごすのを見ていられるだけで十分に幸せ。

そもそも、私は……

「関係のない人間だったじゃない」

私よりもずっとずっと先に、彼を好きになったのは虹彩寺菫（パンジー）。

虹彩寺菫（パンジー）が彼に恋心を抱いたからこそ、物語は始まった。

私は、ただの脇役。必死に恋を成就（じょうじゅ）させるために奮闘する主人公（パンジー）の悩みを聞いて、必要以上に干渉しない存在だった。

虹彩寺菫（パンジー）のお話を聞いて、時に励まし、時にアドバイスを送る。私の役目はそれだけ。

そんな私が、こんな立場になってしまっていること自体、分不相応なのよ。

「……近づいた動機だって、最低だったじゃない」

大嫌いだった彼に、私の大切なお友達を傷つけた彼に、理不尽な怒りを抱いて、一方的な復讐（ふくしゅう）を行おうとした。それが、私が彼に近づいたきっかけ。

最低の人間だ。分かっていて、そのことを何一つ清算していない点も含めて。

真実を知られて失うことを恐れて、何もしようとしなかった。

だから、これは罰。

大切なお友達を守ることもできず、助けられ続けた私。

大切なお友達を演じ、沢山の人に嘘をつき続けていた私。

この罰を全て受け入れて、来るはずもない人を待ち続けなくてはならない。

私は、もう必要のなくなった人間。ただ一つ、やるべきことは……消えることだけ。

「…………いわ」

埋もれきった心の残滓が、小さな言葉を漏らす。

ここから去るべきなのに、もう待つべきではないのに、まるで動いてくれない足。

視界がぼやけて、まともに前が見えないのに、何とか彼を見つけようとする瞳。

心と体が、私を拒み続ける。

「……あ、あ、会い、たい、のぉ……」

震える唇が、その言葉をあふれさせた。

「会いたい……。会いたいわ……。本当は、そばにいたいわ……。パンジーの代わりなんて、嫌。私は、私で貴方のそばにいたいの……。……だから、お願い」

本当は口にしてはいけない。仮に望んでいたとしても、口にすることが怖い。

私の願いは、いつも叶わないから。強ければ強い程、その願いは叶わないから。

「…………見つけて」

ここは、とても寒いわ。

指先の感覚なんて、とっくにない。かじかんでしまって、まともに動かないの。

足だって、棒みたい。ずっとずっとここに立っていて、すごく疲れてしまっているの。

これじゃあ、帰りたくても帰れないじゃない。

だから、お願い。

汚(けが)らわしい目で、私を見つけて。品格の無い言葉で、私を温めて。

「………叶(かな)わないわよ」

ぼやけた視界で周りを確認しても、私の知っている人は誰もいない。

当たり前だ。願ったら、彼が現れるなんて非現実的にも程がある。

今日までずっと待ち続けて、彼は現れなかった。

だから、もう立ち去ろう。足にまとわりついた鎖を払うように、かじかんだ手で冷え切った太腿(ふともも)を二度叩(たた)く。僅かな刺激、今度こそ足は動きそうだ。

なら、今度こそ——


「よう。絶壁ブス」


声が聞こえた。シンプルな二文字に、最低の罵倒を含んだ声。

だけど、私は反応をしない。顔を上げもしない。

だって、そうでしょう？　私の願いは叶(かな)わないの。

帰ろうとしたタイミングで現れるなんて……そんな都合のいいことが起こるはずがない。

これは幻。私の中で惨めに足掻く心が聞かせた、下らない——

「しかとかよ。……まぁ、いいや」

また聞こえた。呆れが多く含まれた、投げやりな声。

本当にいるの？

ただの気のせいよ。

もし、ここで抱きしめられたら、それは間違いなく幻。

だって、彼は優しくないから。こんな迷惑をかけた私を抱きしめるはずが——

「……何をしているのかしら？」

「おっぱいを全力で揉んでいる」

さらしで圧迫された胸部に、別の感触。彼の手の感触だ。

なんて、信じられないことをするのかしら？

ずっと寒い中で待っていた女の子に、出会いがしらでこんなことをするなんて……。

……彼以外、有り得ないじゃない。

「な……何がどうなったらそうなるのかしら？」

「ブスがどっかに行って全力で探したらこうなった」

声をかけると、返事が返ってくる。

「失礼ね。私はブスではないわ。むしろ、外見には自信があるのだけど？」

「調子に乗るな。今のてめぇの格好で、興味を持つ奴なんてほとんどいねぇよ」

「ほとんど……ということは、少しはいると判断もできるわね」

「世の中には、てめぇみたいな頭のイカれた奴が何人かいるからな」

「脳が狂っているのは貴方ではないかしら？　今、何時だと思っているの？」

「十八時四十五分。予定より十五分早く着いたことにホッとしている」

「私の予定では十八時までだったのだけど？」

「都合よく時間が延期されたからな。マイペースに来てみた」

「その割には、随分と汗をかいているわね。息は整っているみたいだけど、いったいどうしてそんなに汗をかいてしまっているのかしら？」

「防寒対策をしすぎたからだな」

本当にいるか分からない。まだ、自信が持てない。

だから、確信を得るために、私は何度も何度も話しかける。

生産性のまるでない、不毛な彼との会話。

だけど、それこそが彼がここにいるという証明になって……

「どうして……、ここに来たの？」

ぼやけた視界のまま、正面にいる彼の顔を見つめた。

ねぇ、どうして？　貴方にはもう、素敵な恋人がいるじゃない。

こんな面倒な女を探す必要なんてないじゃない。

なのに、どうして……

「てめぇは、図書委員だろが」

彼の特徴的な二人称。品格のかけらも感じさせない、無駄に偉そうな声。

ほんの少しの苛立ちと、沢山の温かさをくれる、彼の声だ。

「ほらよ」

彼が鞄から一冊の本を取り出す。

『双花の恋物語』。

十二月二十三日。

たった一日だけ、私が恋人として過ごせた日に、彼が図書室から借りていった本だ。

「返却期限は一週間だ。だから、今日までに返さなきゃいけねぇ」

そんなこと、しなくていいわよ。

年末に学校の図書室で本を借りる人なんて、誰もいないじゃない。

「やっぱり、貴方は捻くれ者ね……」

ずっと会いたかったのに、ようやく会えたのに、聞きたい言葉を何も言ってくれない。

本当にいじわるで乱暴な人。

デリカシーの一つもない、下品な人。

私のことなんて、何も考えてくれていないに違いないわ。

「今さらだろ？」

「そうね。今さらね……」

でも、そんな彼が大好きなの……。

「どうして、私がここにいると分かったの？」

たずねながら、声が震える。

どうやって、ここまで辿り着いたの？

私の残した情報を全部集めて？　当てずっぽう？　サンちゃんから聞いて？

本当は全部聞きたい。でも、私の願いと違っていたらと思うと、怖くて聞けない。

「『如月雨露が余計なことをした場所』、『幸せと不幸を同時に生む場所』、『みんなの場所』、『始まりの場所』、『私にだけ気持ちを伝えてくれた場所』。……こいつに該当する西木蔦高校以外の場所なんて、ここしかねぇだろ？」

「……っ!!」

あぁ、本当にそうなんだ。彼は、本当に全ての情報を集めてくれていたんだ。

そして、全てを理解したうえで、ここに来てくれている。

私がずっといた場所、それは……

「地区大会決勝戦の球場。そこの、ホースとの決着をつけた場所だ」

その通りよ……。

球場の西口から五分ほど歩いた、周囲には何の目印もない場所。

来ようと思わなければ、決して来れない場所。

エキストラにすらなれないその場所で、私はずっと彼を待っていた。

「どうして、ここなのかしら？」

ずるい質問だ。もう99％間違いないというのに、何とかそれを１００％まで持っていこうとする自分の汚さが垣間見える。

「俺がここで言ったからだろ？」

ずっとずっと、パンジーとして過ごしていた私。

パンジーとして、彼の恋人にならなければいけなかった私。

パンジーでなければいけなかった。パンジーでい続けなければいけなかった。

なのに……

「『三色院菫子。俺は、てめぇが好きだ。てめぇと恋人になりたい』ってな」

パンジーではない人が、彼にそう言われてしまったのだ。

パンジーでなければいけない私が、パンジーを演じ続けなければならない私が、どうしても好きで好きで仕方がなくて、どうしてもそばにいたかった人。

　その人は……

「…………ジョーロ君」

如月雨露（きさらぎあまつゆ）。名前から、『月』を抜くと『如雨露（じょうろ）』になる男の子。

「んで、今日もてめぇに話があって来た。言っておくが、逃げんじゃねぇぞ？　仮に逃げたとしても、地の果てまで追いかけてやるからな」

　逃げるわけがないわ。だって、私も……

「それじゃあ……って、マジか……」

　落ち着きなく周囲を見回していたジョーロ君は、何かを発見したようで、どこかうんざりとした声を漏らしている。

「……結局、最初から最後までこれか……」

　彼は、いったい何を見つけたのだろう？

「はぁ……。やってやろうじゃねぇか……」

　そして、達観した声。何の覚悟を決めたのかがよく分からなかった。

　しかし、すでにジョーロ君は何らかの決意をしたようで、ゆっくりと歩を進めていくと、ちょうど近くにあったベンチへと腰を下ろした。

あんなベンチ、最初からあったかしら？

「あ、えっと……。まずは、隣に座ってくれねぇか？」

「分かったわ」

私は、ジョーロ君の指示に従い、ベンチに腰を下ろす彼の右側に座る。

だけど、指示に従ってもジョーロ君の言葉が続くことはなかった。

何かが始まる。何となくだけど私はそう思った。そして、それは気のせいではないのだろう。

何やらわざとらしい動作で、自分の髪の毛をクリクリといじるジョーロ君。

その動きにどんな意味があるのかは、よく分からない。

「あのっ……！　うぅ……！」

何度か口を開こうとしては、また沈黙。

こんなに優柔不断なジョーロ君を見るのは珍しい。普段はもっとはっきり言うのに……。

「じ、実はな……。その……。俺には、言うべきことがあってな……」

心臓の鼓動が一気に跳ね上がった。

「え、ええ！」

「そのことを考えると、胸が苦しくなって、毎日考えるだけで本当に幸せになるんだ。だから、自分勝手だとは思うが、無理矢理にでも考えるようにしてて……」

どうして、そんな話を私に？

心臓の音が脳にまで強く響く。まるで体全体が強く震動しているような感覚だ。

「そ、その、よ……」

そして、ジョーロ君の顔が近づいてくる。ゆっくりと、それでいて確実に。

すごく緊張しているのか、強張ってしまってひどい表情ね。

そして、互いの吐息がかかる距離まで近づくと、ジョーロ君はグッと瞼を閉じた。

もしかして……もしかしてこれって……！

「三色院菫子は、俺が好きなんだよ」

この人は、いったい何を言っているのかしら？

「きっかけは去年、野球部が挑んだ地区大会の決勝だ！」

去年の地区大会の決勝戦。そこは、私にはとても大切な思い出の場所。

いえ、そうじゃない。そうじゃないわ。

この人、何を調子に乗っているの？

「あの時、三色院菫子は、どうも何かを企んで俺に声をかけてきたようなんだが、恐らくその試みは失敗したわけだ！　なんせ、俺にはサンちゃんっていう最高の親友がいるからな！　そして、とんでもない美人よりも親友を優先する男に、三色院菫子はときめきまくった！」

事実なのだけど、本人から自信満々に語られると腹が立つことこの上ないわね。

「そっからの三色院菫子の情けなさったら、半端なかったな！　俺が好きで好きで仕方がねくせに、捻くれたアピールばっか！　まぁ、しかし！　この寛容で寛大なる俺だ！　仕方がないから、許してやった！　……感謝しろよ？」

まるでしたくない気持ちでいっぱいね。

本当に、信じられないことばかりする。本当に、ロマンの欠片もないことばかりだ。

こう見えても、私は女の子よ。少しくらい……

「いやぁ～！　やり遂げた、やり遂げた！　いつもやられてばっかでやる側は初めてだったが、こんな感じだよな！　うん！　恐らく完璧だ！」

満足気に立ち上がり、振り向いた先に見せたのは達成感の溢れた顔。

「……どうだ？　図星過ぎて、素直になりたくなっただろう？」

どうやら、この人は何としてでも私に素直な言葉を言わせたいらしい。

そのために、こんな手段を？　バカげている。

優しい言葉をかけてくれたら、素直になれたのに――

――優しくないから、素直になれるんち。

誰かが、私の背中を押した。後ろには誰もいないのに、不思議とそんな感覚が走り、気づけば私は立ち上がり、彼のそばへと歩を進めていった。

「もっと気の利いたことを言えないのかしら？」

「ほう。ようやく、しおらしさがなくなったか」

「……っ！　より一層、苛立ったわ」

どうやら、私は彼の思惑通りに行動させられたらしい。

まさか、私を怒らせることが狙いだったなんて……いいわ。

それなら、期待に応えてあげようじゃないの。

「まったく……、貴方は本当に捻くれているわね。もはや、全身がねじ切れて無様に肉片をまき散らすのではないかしら？」

「んなわけねぇだろ！　大体、てめぇだって十分捻くれてるだろうが！」

「だとしたら、どちらかが素直になるべきでしょう？　私は嫌だから、貴方がなってちょうだいな。……さ、素直に言ってごらんなさい。『俺も三色院菫子が好きで好きで仕方がない』って。それが言えなかったから、いつまで経っても苦労が絶えないのよ？」

「苦労の原因が調子に乗ってんじゃねぇよ！」

「その台詞をそっくりそのまま返すわ」

ジョーロ君が、しっかりしていてくれたら、こんなことにはならなかったんですもの。

これは、全部ジョーロ君が悪いの。私は、まったく悪くないわね。

「それで、いつになったらロマンチックな一言を言ってくれるのかしら？　そうね……私の趣味だと、『月が綺麗ですね』なんていいかもしれないわね」

「はっ！　地区大会の決勝の後なら言ってやったかもしれねぇが、今は言わねぇよ」

「なぜかしら？」

「てめぇが、俺を『ジョーロ』って呼んでるからだ」

「どうして、呼び方が関係して……」

「如月雨露から『月』を抜いてるくせに、月を求めるな」

本当にこの人は捻くれ者だ。

そう呼んでほしいなら、素直にそう言えばいいじゃない。

どうして、こんな回りくどいことしかできないのよ。

でも、言ってほしい。彼から、その言葉を聞きたい。

だから、私は……

「き……き……如月雨露君」

とても恥ずかしいけど、精一杯そう伝えた。

ちゃんと言ったわよ！　これで、そっちが言わなかったら——

「好きだよ」

目の前に立ち、真っ直ぐに見つめ、彼がそう言った。

本当に最低ね。どうして、貴方はそんなに捻くれているの？

私は、『月が綺麗ですね』と言ってほしいとお願いしたの。

なのに、どうして……

「……いじわるで優しくないわ」

「そりゃ、悪かったな」

空っぽだった胸に、温かい何かが入り込んでくる。

とても寒い日なのに、体はポカポカ。むしろ、沢山の汗が噴き出そうだ。

「……私で、いいの？」

全身に駆け巡る熱に翻弄されながら、何とかそう尋ねる。

私はずっとパンジーとして、如月雨露君とかかわってきた。

でも、その役割はもう終わってしまった。私は、パンジーではなくなってしまった。

「貴方が好きになったパンジーは、もうどこにもいない。……ここにいるのは、三色院菫子よ。弱くて情けなくて、中途半端なことしかできない、どうしようもない子」

本当は、見せてない沢山の私がいる。

だけど、そんな私を貴方に知ってほしい。

「それでもいいの？」

でも、それは一方的な私の我侭。如月雨露君からしたら、いい迷惑。

こんな負担を彼が抱える必要はない。

何より、パンジーが消えてしまった以上、如月雨露君が私を好む理由は——

「その外見が好みだから、他はどうでもいい」

そう言って、如月雨露君は三つ編みに眼鏡をかけた私を抱きしめた。

「うっ！　ううううう!!　雨露君！　雨露君!!　……ごめんなさい！　いっぱい迷惑をかけてごめんなさい！　私も、私も貴方が好きなの!!　貴方が好きで好きで仕方がないの!!」

ジョーロ君の背中に手を回し、彼の胸に顔をうずめて私は叫ぶ。

「わ、わだしもぉ、貴方のそばにいたい！　貴方の恋人になりたい!!　だから、だからぁ……」

涙でグシャグシャになって、まともに顔が見えない。

ずっとずっと、言いたかった。

私だけの気持ちを、私だけの言葉で伝えたかった！

あぁ、全然止まらない。どこまでもどこまでも、気持ちが溢れ続けて……

「貴方の恋人にして下さい!!」

「…………」

雨露君は、何も答えない。

彼の温かい体を抱きしめる私の背中を、ただ優しく叩くだけ。

抱きしめてくれないの？　私は、そばにいてはダメなの？

そんな不安がよぎってしまい、少しだけ顔を上げて彼の顔を見つめると、

「はぁ……。俺は、パンジーの恋人になってたはずだったんだけどな……」

投げやりな言葉と正反対の、とても強い力で私は抱きしめられた。

少し照れくさそうな笑顔。でも、それが見れたのは一瞬。

だって、気がついたら……

「俺を好きなのは三色院菫子だけかよ」

唇を包み込む優しい感触に誘われるように、私は目を閉じていた。

第五章

俺とお前の全員集合

——十二月三十日　二十三時五十五分。

『それで、貴女(あなた)はジョーロ君と恋人になれたというわけね？』

「……ええ。そ、……その——」

『まったく……。そっちは満足したかもしれないけど、私としては最低の気分よ。一生懸命、ジョーロ君に協力をして、何とか彼を振り向かせようとしたのに、全部失敗。挙句の果てに失恋をするのだから、今年は私の人生史上、最低の年と言ってもいいわね』

「ごめんなさい……」

『加えて、一番腹立たしいことは、私を一番苦しめた相手が、電話をしてきたことではないかしら？　普通、こういうことは直接会って話すべきではない？　それこそ、明日にでも——』

「明日は、予定があるわ」

『……より一層、腹が立ってきたわね』

「ごめんなさい……」

『本当に謝ってばかりね。電話越しに土下座でもしているのかしら？　そのまま頭部を陥没させて、しばらく埋まっていたらどう？』

「そこまではしていないわ」

『しなさいよ！　私は、貴女のせいで失恋したのよ！　普通、命の恩人をここまで苦しめるものかしら？　理解に苦しむわ』

「埋まってしまったら、雨露君に会えなくなってしまうわ」

『あま……っ！　そ、その点なら、安心しなさいな。私がきちんと彼に会って――』

「嫌よ。私が、会いたいの」

『言うようになったじゃない』

「どれだけ恩があったとしても、どれだけ感謝をしていても、やると決めたらやる。それが私のモットーになったの」

『いったい、誰の影響かは考えないでおくわ』

「貴女の影響も含まれているわ」

『考えないと言っているのに、余計なことを言わないでちょうだい。言っておくけど、「おめでとう」とは決して言わないからね。貴女は、それだけのことをやったのだから』

「……分かっているわ」

『けど……、それだけの勇気があるのなら、もう大丈夫そうね』

「え？」

『一応、感謝も伝えておくわ。もし、貴女がいなければ、私はジョーロ君に気持ちを伝えることすらできずに終わっていた。ほんの短い間だったけど、彼と恋人として過ごせた時間はとても有意義で幸せだった。……それに、沢山のお友達ができた』

「…………」

『自分の力ではなく、貴女の力があってのもの。でも、私は遠慮せずに受け取るわ。だって、明日は私の誕じょ……あら？　もう、今日になっていたわね』

「三分前にはなっていたわ」

『細かいことは言いっこなしよ。ともあれ、私だけが受け取って何もお返しができないというのも癪だから、私からも一つ……プレゼントをあげるわ』

「プレゼント？」

『私が大好きな人からつけてもらった名前。……二つあるから、その内の一つを貴女にあげる。もう二度と返さないでちょうだいね？』

「……分かったわ」

『お誕生日おめでとう、パンジー』

「お誕生日おめでとう、ビオラ」

激動の大晦日から時間が経つのはあっという間——と言いたいところだが、実際のところは、そうでもなかった。

これまでにない、最大の悪戦苦闘を突破して迎えた三学期。

今度こそ平和に過ごせるだろうという淡い期待は、僅か二時間で木っ端微塵。

如月雨露社会的抹殺計画、牡丹一華撫子激論事件、カリスマ群分裂危機事件。

三学期になっても、相変わらず俺は不幸に愛され、悪戦苦闘の日々を送る羽目になっていた。

むしろ、あれだけのことがあって、よく無事に今日を迎えられたよな。

胸に宿る小さな達成感と、大きな寂寥感。

本当に……、この日が来ちまったんだな……。

今日は三月十四日。行われている式典は、卒業式。

コスモスを含めた三年生が、遂に西木蔦高校を去る時がやってきたのだ。

体育館で行われた式典自体は、すでに終わりを告げ、今はある種の自由時間。

だが、体育館から去る生徒は、一部を除いてほとんどいない。

今日で、西木蔦高校を去っていく卒業生。来年も西木蔦に残る在校生。

どちらも名残惜しさを感じてか、体育館に残り、最後になるかもしれない西木蔦で共に過ごす時間を満喫していた。

「くぅ～！　先輩、卒業おめでとうございます！　本当に、今までありがとうございました！　これからは、俺が最上級生として、後輩たちをきつくぅ～！　鍛えていきますから！」

「しゅこー……。しゅこー……。先輩達のこと、忘れません。これからもうちの部は、部長の僕がしっかりとまとめ上げていきますので」

川平さん風味を感じさせる有不和君はサッカー部の先輩と、寂しさが原因か、少しばかし闇落ちしているダース部江田君はラグビー部の先輩と、別れの挨拶をしている。

なぜ『部長』が『父』なのかは、気にしないでおこう。

「おーほっほっほ！　私が卒業しても、応援魂は永遠なのですわぁ～！　卒業生も在校生も、みんなまとめて応援ですわよぉ～！」

「さすが、お嬢様なんだな！　綾小路颯斗も寂しいけど、涙じゃなくて笑顔で送るんだな！」

いつの間に着替えて来たのか、チア部のユニフォームに身を包み、声援を送る大千本槍子……ボンヤリ子先輩とその横で泣いているんだか笑っているんだか、よく分からない綾小路颯斗。

他にも様々な場所で、在校生と卒業生が会話をしているが、その中でも一際目立っているのは、やはり去年甲子園準優勝を果たした野球部の面々だ。

「屈木先輩、樋口先輩……、卒業おめでとうございます！　大学に行っても、頑張って下さいっす！　……うぉおおおん」

「びゅぇぇぇぇぇん‼　くづぎぜんぱい、びぐぢせんぱぁい……。卒業、おめ……おめ……びゅぇぇぇぇぇん！」

「たんぽぽ、穴江、泣きすぎだ。まったく……、本当に卒業していいのやら……」

「だってぇ……だってぇ……びゅぇぇぇぇん‼」

「そうっすよ！　樋口先輩達がいたから、俺達は……っ！」

「その……、ありがとな、たんぽぽ。穴江、お前はキャプテンなんだからしっかりしろ」

「俺だけ厳しい！」

「キャプテンの宿命だ」

樋口先輩は、今日で西木蔦高校を卒業する……のだが、何となく今後も別の付き合いがありそうなので、俺としては寂しさよりも何とも言い難い感情のほうが強かったりする。

ほんと、俺とあの人ってこれからどういう関係になるんだろうな……。

「はっはっは！　サンちゃん、芝！　お前達には本当に感謝しているぞ！　みんなと共に挑んだ甲子園の思い出は一生忘れん俺の宝物だ！　そして、……今年は期待しているぞ？」

「うす！　今度こそ、絶対に優勝してやりますよ！　な、芝！」

「任せて下さい、屈木先輩。先輩達の気持ちは、俺達が引き継いでいきます」

「ならば、安心だ！　……ぶい！」

甲子園の決勝で全打席ヒットを打った、元キャプテンの屈木先輩は、その輝かしい経歴もあったおかげか、スポーツ推薦で名門私立大学への入学を決めたらしい。

別の道を選ぶ選択肢もあったようなのだが、「もっと見聞を広げてから、ソレを選ぶかを考えたい」ということで、大学という道を選んだそうだ。

「し、芝先輩、来年もよろしくお願いしますわ！」

「っと、赤井か。……うん、来年もよろしくな。野球部とソフトボール部、お互いに協力し合っていい結果を目指していこう」

「はい！　もちろんですわ！　あの……、それで……、今度お時間があったら二人で……」

「あっ！　芝先輩、何やら妹さんからお話があるみたいですよ！　さっきから、芝先輩のことを呼んでいます！」

「刹那で行く」

「え⁉　ちょ、ちょっと待って下さいですわ、芝先輩！　私が、勇気を出して——」

「むふ！　どれだけ悲しくても、先輩のフォローはしっかりと！　これぞ、天使過ぎるたんぽぽちゃんの……おや？　どうしました、撫子さん？　何やら顔面の構造が随分とファンキーでクレイジーになっているような気が……」

「わしの、わしの一世一代の挑戦を……。おんどれは……、どうしていつもいつもわしの邪魔をするんじゃぁぁぁ!!」

「ひょぉぉぉぉ!!　いったい、なんのことですかぁ〜⁉」

卒業生とはちょっと関係ないところで勃発する、たんぽぽと撫子の小競り合い。

別に、たんぽぽは悪気があったわけじゃねぇんだが……多分、来年も撫子はたんぽぽに苦しめられるんだろうな。来年中には、一度くらい憧れの芝とデートできることを祈っておこう。

「これからはもう、朝練でやってくる屈木と会えなくなると思うと寂しいが、大学に行っても頑張れよ！　ウッホホッホッホ！」

「ありがとうございます、庄本先生！　先生の朝の活は、一生の宝物です！」

「そ、そうか？　そう、か……。く……っ！　本当に、元気でやっていけよ！」

生徒だけでなく教師も、特に体育教師の庄本先生……ウータンは、毎朝校門で立ち番をしているからか、朝練で早くやってくる野球部とは親交が厚かったようで教師の中でも特に、野球部との別れを寂しがっているようにも見えた。

「おい、葉。わざわざ来てやった私に、少しくらい感謝してもいいんじゃねぇのか？」

「茉莉花さんに感謝した瞬間、『なら、お返しに』と無茶ぶりをされそうなので」

「はぁ!?　んなことしねぇよ！　つか、てめぇも卒業式くらいしおらしくなったらどうなんだよ？　その、これからはあんまり会えなくなるかも……」

「これからも会いますよ。……間違いなくね」

「……っ！　ま、まぁ、そうか……。まぁ、そうだな！　ふふふっ！」

ついでに、野球部を見送る生徒の中に、やけに見知った姉がいるがよしとしよう。

樋口先輩、せめてその女の格好だけは褒めてやってもらえないでしょうか？

昨日の夜に、『おい、雨露！　明日の卒業式は私も行ってやるよ！　で、どの服がいいと思う？　決まるまで、てめぇは寝かせねぇから』と、約三時間にも渡って服選びに付き合わされた俺の苦労を報わせるために。

「……にしても、まだまだ厳しそうだな」

野球部の集いから、視線を移動。

俺としても、卒業式にちゃんと話したい奴がいるのだが、困ったことにそいつは野球部にも匹敵する人気を博していて、中々話しかけられない。

そろそろ、人だかりも減ってくれると嬉しいんだが……

「コスモス先輩、卒業おめでとうございます！」

「私のこと、絶対に忘れないで下さいね、コスモス会長！」

「これ、お祝いです！　よかったら、使って下さい！」

「ありがとう、みんな！」

ダメだ……。まるで、減っちゃいねぇ……。

俺にとって、一番かかわりの多かった卒業生。

元生徒会長のコスモスこと秋野桜。

春休みにもみんなで遊ぶ約束はしているが、折角の卒業式だ。

ちゃんと一声かけておきたいのだが……、困ったことにまるでそのチャンスが得られない。

「おのれ、秋野……。なぜ、奴のほうにばかり人が集ま…る？　繚乱祭の奇跡を引き起こしたこの俺には、なぜ少ししか来ないの…だ？」

ついでに、その片隅でコスモスを悔しそうに見つめている元会計の人がいる。

紹介は、まぁ、いっか。ある意味、ほぼ毎回出てた人ですよっと。

「あっ！　ジョーロ！　ねね、コスモスさんとお話したいけど、全然できない！」

「少し困りましたね。この後に会う予定はありますが、全く話せないというのは……」

「ちょっと、ジョーロ！　あんた、何とかしなさいよ！　元生徒会でしょ！」

「ひ、人が大勢いるの！　あのままじゃ、コスモスさん死んじゃうの！」

「ヒイラギ、あれで死んじゃうのは君ぐらいかな」

コスモスに中々近寄れないので、同じく困惑しているひまわり達と合流。

だが、それで状況が解消されるわけではない。

てか、ひまわりが遠慮するって、相当だよな……。

ほんと、どうしたものかね？　このままだと、まともに話すこともできずに、解散を——

「はいは〜い！　みんな、ちょいとごめんよぉ〜！　コスモスさんと話したい気持ちは分かるけどさぁ〜、君達と同じように考えてる人がいるんだぜい？」

そこで、スッと生徒達とコスモスの間に割って入ったのは、現生徒会長のプリムラだ。

「コスモスさぁ～ん。みんなに優しいのはいいけど、少しくらい我侭になってもいいんじゃないかと、わたしゃ思うよん」

「え？　いや、私は特に……」

「ほれ、あそこにいるだろい？　コスモスさんが特に仲良くしていた後輩が……」

「あっ！」

そこで、コスモスも俺達の存在に気がついてくれたようで、パッと瞳を輝かせた。

「……そうだね、最後の日だ。少しくらい、我侭を許してもらおうかな。……皆、すまないが失礼するよ。私も、どうしても話したい人達がいるんだ！」

自分に集っていた生徒達へ一礼をした後、瞳を輝かせたコスモスがこちらへやってくる。

そして、到着すると同時に……

「あぁぁぁぁん!!　寂しいよぉぉぉぉぉぉ!!」

乙女チック全開で、泣き始めた。

ほんの一秒前までの凛々しさは、いったいどこにいってしまったのやら……。

「私は……、私は今日でみんなとお別れだ……」

いや、すげぇ悲しそうに言ってるけどさ……明日も会うよね？　っていうか、君が『春休みも沢山思い出を作りたい！』とか言って、ほぼ毎日のように誰かと遊ぶ予定をぶちこみまくったよね？　まだ全然お別れじゃないよね？

「うぅ～！　コスモスさん、ありがとね！　いっぱいありがとね！　そつぎょーしても、おともだちだよ！」

「コスモスさん、卒業してもどうかお元気で過ごして下さいね！」

「コスモスさん！　あたし、コスモスさんのこと絶対忘れないよ！　絶対、忘れないから！」

「コスモスさん、おめでとうなの！　一緒にいれないの、さみしいのぉ～！」

「今まで本当にありがとうございます。いっぱいお世話になったかな」

「うん……。うん……」

が、どうやら女子達にだけ通じるセンチメンタルさがあるのか、俺以外のメンバーは瞳に涙を浮かべている。いや、俺も寂しいんだけどさ、こうやってみんなが涙を流している時に流せないと、ちょっと自分が冷たい人間なのではないかと思ってしまう……。

「ジョーロ君、君とは本当に色々あったね」

ひとしきり会話を終えた後、まだ瞳に涙を浮かべたコスモスが俺を見つめる。

「悲しいことも、嬉(うれ)しいことも、腹の立つことも、楽しいことも、本当に色々とあった。……だけど、総じて考えた時に君と過ごせた毎日は、とても素敵なものだったよ」

あ、やばい。ちょっと泣きそうだ。

明日も会えるのは分かってる。だけど、これが一つの終わりだと思うと……

「そ、それはこっちの台詞(せりふ)だよ」

ついさっきまで、涙を流したいなんて考えていたくせに、いざ涙が流れそうになると、プライドが邪魔をする。やっぱり、俺は捻くれ者だな……。

「ふふふ。なら、お互い様かな？」

「ああ。お互い様だ。ああ、それとよ……」

「何かな？」

「これからもよろしくな。……桜」

「……っ！　うん！　もちろんだよ！」

二学期の終盤に壊れてしまった絆は、冬休み、三学期を通して新しい形の絆となった。

今の俺がコスモスへ抱いている感情は、以前とは違うもの。

それでも、俺にとってコスモスが大切な相手であることは何一つ変わらない。

「ところで、彼女は？」

そこで、コスモスがここにいない一人の人物に気がついたようで、周囲を見渡す。

まぁ、そりゃそうだよな。これだけ、図書室メンバーが集まってて、あいつだけがいないことに気がつかないわけがない。

「多分なんですけど――」

「おい！　またやられたぞ！　バスケ部の主将もダメだった！」

「はぁ～!?　これで、何人目だよ！」

「朝から、少なく見積もって、二十人だ……。卒業式の魔法は、起きないか……」

「っていうか、彼氏がいるって話じゃないのか？」

「そうだけどさ……、その彼氏がしょうもなさすぎるのが原因で、『アレには勝てる』って考えた卒業生が殺到してるらしい」

体育館に響く生徒達（主に男子生徒）の声。

それが、何を示しているのかは、すぐに理解できた。

しょうもなくて悪かったな。……けっ！

そんな騒がしい声が響いてから十分後、体育館により大きな歓声が巻き起こる。

その原因は……

「ふぅ……。やっと体育館に戻ってこれたわ」

腰まで伸びた綺麗(きれい)な黒髪、年不相応なスタイル、整い過ぎた顔立ち。美少女という言葉ですら生温(なまぬる)い美貌を持った女が、少しうんざりした表情で俺達の下へとやってきた。

三色院菫子(さんしょくいんすみれこ)。西木蔦(にしきづた)高校で図書委員を務め、『三色菫(パンジー)』という愛称で呼ばれている女だ。

今しがた本人の言った通り、卒業式が終わった直後から三色院菫子(さんしょくいんすみれこ)は体育館からの移動を余儀なくされた。向かうことになった場所は、我が校で『どんな願いでも一度だけ叶(かな)えてくれる』という伝説のある楓(かえで)の木……ナリツキのある場所。

そこで、多くの卒業生がたった一つの願いを叶(かな)えようとしたが、所詮は伝説。

残念ながら今日に関しては、ナリツキの力を以てしても、願いを叶えられた者は誰もいなかったらしい。……まぁ、叶えられたら困る身ではあるのだが。

「パイン、ありがとう。一緒にいてくれて、とても助かったわ」

「んふふ～。気にしないでいいわよぉ～！　パンジーに寄る悪い虫は、私の大胸筋の餌食にしちゃうんだから！」

隣に立つ、手芸部とは思えないナイスボディのパインへ礼を一つ。

しかし、気にするべきことはそこではないのだろう。

かつては地味な風貌で、ほとんどの生徒から注目されていなかった三色院菫子。

だが、それはあくまでも過去の話。今の三色院菫子は……

「でも、パンジーも悪いのよ？　そんなに綺麗なことを今まで隠してたんですもの！　初めて見た時は、私もびっくりしちゃったんだから！」

「ふふふ……。誉め言葉として受け取っておくわ」

今までずっと嘘をついていたからこそ、もう嘘はつきたくない。

そう言って、菫子は三つ編み眼鏡の姿で西木蔦高校に通うのをやめたのだ。

本当に、三学期の始業式のことは今でもよく覚えているよ。

花舞展と体育祭の時の美少女が、また現れた！　いったい、誰なんだ!?

そんな声が飛ぶ中で、正体が三色院菫子だと分かった直後の驚きようはさらにすごかった。

ずっと知っていた身としては、ほんの僅かな優越感を得たが、それは一瞬。

三学期最初の悪戦苦闘……如月雨露社会的抹殺計画が幕明けときたわけだ。

あれは、もう二度と経験したくない。

しかも、あの事件が終わってからも苦労が終わることはなし。

大量の男子生徒が菫子に押しかけ、何とか菫子と仲良くなろうとする始末。

これが中学時代だったら、為す術なく翻弄されていたが、今の菫子は別だ。

ちゃんと守ってくれる友達がいるんだからな。

「まったく……。普通、こういう時は恋人が守ってくれるのではないかしら。雨露君？」

「俺は放任主義なんだよ。菫子」

こっちへ辿り着くと同時に、まずはクレームを一言。

どうやら、俺が卒業生からの告白を阻止しなかったことに不満を持っているようだ。

「もし、それで私が他の男の人に揺らいだらどうするつもりなの？」

「そん時は、そん時考える」

「本当に貴方は危機管理能力が壊滅的に乏しいのね。もしかして、脳みそがショートケーキでできているのかしら？」

「信用していると考えてくれてもいいぞ」

「余計な信用ね」

いやね、俺も最初のほうは頑張ってたじゃん。

菫子も、男子生徒に話しかけられるたびに『恋人がいる』と伝えてはいたのだが、その恋人の正体が俺と知られるやいなや、再び菫子に男子生徒が殺到した。意味が分からない。

おまけで、社会的に抹殺されかけるし。で、俺が何かすると逆にややこしくなることを悟って以来、パンジー告白守護隊の座をパインちゃんに譲り渡した。所詮、俺は並以下の存在なのである。

「はぁ……。もういいわ」

結局、俺に何を言っても無駄だと悟ったのか、ため息とセットで会話を終了。

そのままコスモスのほうを見つめると、

「コスモス先輩、卒業おめでとうございます」

「うん！　ありがとう、パンジーさん！」

菫子が、秋野桜へコスモスの花束を手渡す。それで終わりと思いきや、何か思うところでもあるのか、菫子はコスモスを強く見つめている。

「……えっと、どうしたんだい？」

「今だからこそ、素直にお伝えしますね」

「え？」

「貴女は、私にとって理想の人です」

「……っ！」

「沢山の人からの信頼、自分を信じて突き進む勇気、どんな時でも怠らない努力。私が持っていない、私が欲しかった魅力を全て持っていて、とても憧れています。そして、だからこそ……貴女が一番恐ろしかったです」

「ふふふっ。これは、とても嬉しい卒業祝いだね」

菫子からの告白を受け、笑顔で応えるコスモス。

いったい、なぜ菫子がコスモスを恐れていたか。

まぁ、その理由は……俺の口からは少し言いづらいな。

「でも、同じだよ。私も、君が一番恐ろしかったからね」

「そう言ってもらえると、何だか安心できます」

菫子にとって、西木蔦高校で最初にできた友達の一人……コスモス。

一学期から始まった様々な物語の火ぶたを切った女……コスモス。

そんなコスモスと、お互いに生徒という立場で過ごせるのは今日が最後。

だからこそ、お互いが秘めていた想いを伝えたんだろうな。

「よーし！　それじゃあ、そろそろ私は行くよ！　卒業式は終わったが、クラスメートとの別れはまだ済んでいないからね！　あっ！　もちろん後でそっちには合流するから、私が行く前に帰らないでくれよ？　……絶対！　絶対だからね！」

最後に一言、強めの念を押した後、コスモスは体育館を去っていった。

そんなコスモスの後姿に、

「さようなら、コスモス先輩……」

どこか名残惜しさを感じる言葉を、菫子は伝えるのであった。

※

――三月十四日　十八時三十分。

体育館で卒業生と最後の別れをした後、俺達は西木蔦高校を去った。

向かった先は、『ゲンキな焼鳥屋』。

そこで俺達は、卒業式と同等かそれ以上の賑わいを生み出していた。

「クリスマスはツバキのお店だったたから、卒業式は私のお店なの！　とってもとっても美味しい焼き鳥を沢山作ったから、みんなにいっぱい食べてほしいのぉ～！」

今日は、俺達の貸し切り状態。

やってきているのは、西木蔦高校の図書室メンバーである、俺、菫子、サンちゃん、ひまわり、あすなろ、サザンカ、ツバキ、ヒイラギ、カリスマ群の皆様、ミント、たんぽぽ。

加えて、唐菖蒲高校で特に俺達と交流のあった面々。

チェリー、つきみ、ホース、フーちゃん、リリス……そして、ビオラだ。

「あ～あ！　これで、唐菖蒲高校ともお別れかぁ～！　寂しくなるっしょ！」

「大丈夫。チェリーさんは、どうせ卒業しても遊びに来る」

「そうですよ。それに、ツバキちゃんのお店のアルバイトは続けるんですよね？　それだったら、いつでも会えるじゃないですか」

「中学の時と同じだな。仮に卒業しようと、俺達の関係が卒業になるわけではない」

『チェリーさんにまた会えるの、嬉しい』

「一番気の毒なのは、私ではないかしら？　一人だけ二年生を繰り返すことになるのは、とても複雑な気分になるわ」

あの事故が原因で、学校に通えていなかったビオラは二年生をもう一度。やはり、本人としては本来同い年の奴らと学年が離れてしまうことに、複雑な想いを抱いているようだ。

『大丈夫だよ、ビオラ。ビオラなら、沢山の友達が作れる。それに、来年も私は一緒』

「そうかしら？　ふふふ……。ありがとう、リリス」

尚、『ゲンキな焼鳥屋』にやってきているのは、西木蔦と唐菖蒲のメンバーだけでなく、

「進級できても、一学期の思い出が何もないのは、複雑だったりもするんですけどね……」

「ははっ！　気にするなよ、一華！　その分、新しい思い出を作っていこうぜ！」

桑仏高校に通う、牡丹一華もやってきていた。

どうやら、牡丹にも牡丹で何かしらの事情があるようだが、その辺りは詳しく知らない。

「ふふ……。ありがとうございます、太陽さん。……あ、それと兄から伝言で、『先に行って、待ってるよ。君が来るのを楽しみにしてるねん！』だそうです」

「そっか！　なら、大地さんをガッカリさせないためにも、もっと頑張らないとだな！」

ほんと、サンちゃんはすげぇよな。牡丹の兄……甲子園で優勝をした桑仏高校の四番バッターから、そんな伝言までもらっちまうんだからよ。

さて、ところで俺はこれからどうしよう？

一応、全員がそれぞれ自由に会話をしているが、どこの輪にも入りそびれてしまったぞ。

西木蔦の奴らとは卒業式でもそれなりに話したし、まずは……

もう一人の卒業生である、チェリーに声をかけておくか。

「卒業おめでとうございます、チェリーさん」

「あっ！　ジョーロっち、聞いてほしいっしょ！　みんな、うちが卒業するのに全然寂しがってくれないの！　ひどいっしょ！」

開口一番、他の唐菖蒲メンバーへのクレームを一つ。

だが、それを聞いても……

「だって、中学の時もそうだったし、二回目じゃないですか……」

「初めては寂しかった。でも、結局すぐに会ってたから、寂しさの無駄遣い」

「うむ。チェリーさんは何も変わらん。もはや、これは確信だな」

「むふ！　大丈夫ですよ、桜原先輩！　たんぽぽちゃんは、貴女が求めればすぐに駆け付けてあげちゃいますから！」

「ううう！　そうかもしれないけど！」

唐菖蒲メンバーとたんぽぽは、とてもあっさりとした反応。

少し前に、野球部の先輩が卒業していた時のたんぽぽはあんなに号泣していたというのに、今回はむしろ満面の笑顔なんだから、少しだけチェリーが気の毒になってくる。

つっても、みんなの言う通り、どうせ会うことになるだろうからなんだが……。

「来年もよろしくね、ジョーロ」

「ああ。こっちこそな、ホース」

そんな少し騒がしい一角で、俺はホースと会話をする。

去年一年間で、関係が最も変化をしたのは間違いなく、こいつだろう。

全てにおいて、俺を上回る上位互換の男。

最初はすげぇ気の合う友達、次は絶対に負けられないライバル。

お互いがお互いに、劣等感を持っていた時もあった。

だけど、今は……

「また、困ったことがあったら力を貸してもらうよ。その時は、頼むぜ？」

「……君の『困ったこと』って、本当に困らせてくれるから、頼まれたくないんだけど……」

そんな劣等感が吹き飛んじまうくらい、大切な存在になったんだ。

俺は沢山の奴らの力を借りて、今この時を迎えることができている。

その中でも、特に力を貸してくれた男の一人は、間違いなくホースだ。

「まぁ、いいけどさ。……その分、僕が困ってる時もお願いね？」

「ああ。約束するよ」

卒業式の魔法か、いつもはちょっと素直になれないホースにも、素直に返事ができる。

まぁ、俺も大概だが、ホースの持ってくる問題もやべぇからな。

特に三学期にあった……いや、これは別の話か。

「じゃあ、俺は他の奴らのところに行ってくるな」

「うん。くれぐれも、ここでは余計なことはしないようにね？」

「てめぇもな」

最後にそんな軽口をたたいて、俺は立ち上がる。

さてと、それじゃあ次は……

「うぅ～！　まだかな……。まだかな！」

「ひまわり、少し落ち着いたほうがいいのではないですか？　待ってる間に、焼き鳥を食べていましょうよ。冷めてしまったら……」

「ダメ！　まだ食べない！　ちゃんときてから食べるの！」

「変なところで強情かな」

誰かが来るのを今か今かと待っているひまわりと、そんなひまわりを制すあすなろとツバキのところに行くとしよう。

「ひまわり、てめぇは誰を待ってるんだ？　桜なら、来るのにまだしばらく時間が……」

「ジョーロ、違うよ！　私が待ってるのは……」

「やほっ！　ひまちゃん、おっまたせぇ～っ！　言った通り、遊びに来たよっ！」

「はぁ!?　いや、なんでてめぇが……」

「ふっふっふ！　私の学校はちょっと早めに終わったからねっ！　その時間差を利用して、ここにやってきたというわけさっ！　ジョー君！」

驚いたな。いきなり店にやってきたのは、今は北海道に住むもう一人の幼馴染……香紫花丁。『ライラック』という愛称で呼ばれている女だ。

「うわぁ～！　すごい沢山の人だねっ！　知らない人も沢山いるけど……うんっ！　これから仲良くなれば問題なしだねっ！」

「ライちゃん、ここだよ、ここ！　早くここに座って！」

「りょ～かいっ！　それじゃ、しつれいしまぁ～すっ！」

ひまわりの手招きに笑顔で応えるライラック。

僅かに火照ったその体を冷やすためか、コップに入った水を一気に飲む。

首筋から流れる汗が妙に色っぽくて、俺はつい目を逸らしてしまった。

「ふふふ。久しぶりだね、ジョー君っ！」

「ああ」

「ひまちゃんから話を聞いた時は、驚いたよっ！　色々と大変だったみたいだねっ！」

「今となっては、いい思い出だよ」

「そっか……」

小学生の頃と比べて、見違えるほど綺麗に成長したライラック。

普段はテンションが高いが、時折見せる落ち着いた雰囲気には、妙にドキドキする。

「ねぇ、ジョー君」

「なんだ？」

「さて、問題です。君はこれから、ずっと幸せかな？」

「当たり前だろ。苦労も含めて、メチャクチャ幸せになってやるさ」

「大正解。百点満点だね」

これからも俺は間違いなく苦労をする。

もしかしたら、解決できないどでかい問題もあるかもしれない。

けど、それも含めて楽しんでいくのが、俺って奴だよな。

…………

……

「はぁ～！　ここはすごいのぉ～！　お友達がいっぱいいて、甘えたい放題なの～！　ここが私の桃源郷なのぉ～！」

「だぁぁぁ!!　ちょっとヒイラギ、いい加減離れなさいよ！」

「やっ！　私、頑張って焼き鳥作ったの！　だから、その分甘やかされるべきなの！」

「なんだか、すごいですね……。あ、あの、太陽さん……たまには私も甘え……」

「くぅ～！　ツバキの串カツも美味いけど、ヒイラギの焼き鳥も最高だな！　……お？　どうした、一華？」

「い、いえ！　なんでもありません！」

次に向かったのは、ヒイラギやサザンカ、それにサンちゃんと牡丹がいる場所。

人見知りのヒイラギは、あまり話したことのない牡丹を恐れるかと思ったが、友達が多いからかあまり気にした様子は見せていない。

「おっ！　ジョーロ、こっちこいよ！」

「どうした、サンちゃん？」

「大した用はないけどさ、少しくらい話をしたいなと思ってな！　ほら、卒業式であんまり話せなかっただろ？」

「言われてみれば、そうだな」

いつもの熱血感溢れる笑顔。

ここにいる奴らは、みんな俺にとって特別な存在だ。

だけど、その中でも誰が特に特別な存在かと聞かれたら……

「来年も同じクラスになれるといいな」

やっぱり、サンちゃんになっちまうよな。

「そうだな！　俺とひまわりとジョーロ！　もし、来年も同じクラスだったら、六年連続！

何か不思議な縁で結ばれてる気がしてくるよな！」

「ああ。なんなら、その後の大学でも――」

「いや、俺は高校までだよ……」

そうだったな……。

サンちゃんには、でかい夢がある。そして、その夢を叶える努力をしている。

プロ野球、そしてメジャーリーガー。

俺達の中で誰よりも特別な道を歩む代わりに、得られないものも……

「みんなは、大学に通ってそこから大人になっていくんだと思う。……でも、俺の選ぶ道はそこじゃない。俺は、みんなよりも早く、本当の意味での別れが来ると思う」

プロの世界が、どんなふうになっているかは分からない。

だけど、そこに所属する以上、今のように簡単に会えるような関係ではなくなるだろう。

それに、寂しさがあるかと聞かれたら、もちろんある。

でも、それ以上に……

「応援してるよ」

そんなサンちゃんの未来を祈りたくなる自分がいるのは、間違いないよな。

「ああ！　ありがとな、ジョーロ！　俺は絶対にプロになるぜ！　それで、メジャーリーグに行ってみせるよ！　目指すは完全試合（パーフェクトゲーム）だ！」

「あ、あの……太陽（たいよう）さん。私も……」

「そうだな！　まぁ、メチャクチャ面倒をかけちゃうかもしれないけど、一華（いちか）には色々付き合ってもらう予定だ！　その時は、よろしく頼むぜ！」

「そ、それって、プ……ッ！　もちろんです！　全身全霊の気持ちでお付き合いします！」

何やら、色々な意味でサンちゃんは俺よりも随分と先に大人になりそうだな……。

すでに、スカウトからも注目を集めているし、本当に俺の親友は偉大過ぎるよ。

「お互い頑張ろうな、親友（ジョーロ）！」

「当たり前だろ、親友（サンちゃん）」

でも、どんなことがあろうと俺達は親友だ。

それは、死んでも変わらねぇよ。

…………

サンちゃん達との会話を終え、次に向かう場所は……まぁ、一つしかねぇんだが、正直に言うとちょっと行きたくない。……が、行かないと行かないで、より一層ひどいことになるというのが、悲しいところなんだよな。

「あら？　ようやく私のところに来てくれたのね。ジョーロ君、こんなに素敵な美少女を待ちくたびれさせるなんて、貴方の神経回路はどれだけとち狂っているのかしら？」

「まったく、雨露君には本当に常識力が欠如しているのね。普通は、いの一番に私のところに来るべきだと思うわ」

『ジョーロは常識があっても、行動力がない』

「ひでぇ言われようだな」

俺が最後に顔を出したのは、ビオラと菫子とリリスのいる場所。

菫子とビオラが揃うと、本当にどっちが喋っているか分からなくなる時がある。

少し感情的で、俺を『ジョーロ』と呼ぶのがビオラ。

淡々としていて、俺を名前で呼ぶのが菫子ではあるのだが……それでも混乱はするな。

「ねぇ、ジョーロ君。可哀そうなことに、私は二年生をもう一度やることになってしまったの。折角できたお友達も、みんな先に卒業する。貴方は、それについてどう思うかしら？」

「まぁ……、高校生活を長く経験できると思えば、少し得のような気も……」

「あら？　それはつまり、ジョーロ君が私の高校生活を色々な意味で充実させてくれるということかしら？」

「うぐっ！　い、いや、それは……」

「ねぇ、ジョーロ君。最近の私は、こっそりと不純な関係になることに並々ならぬ興味を抱いているのだけど、……どう思う？」

「そういう、余計なことはしないでほしいわね、ビオラ」

「あら？　余計なことを大量にしていた人の台詞とは思えないわね、パンジー」

ねぇ、今日って楽しい卒業パーティだよね？

俺が来た途端、軽く火花を散らす争いをしないでもらっていいかな？

これがあるから、こいつらのところにはあんま行きたくなかったんだよ……。

「ビオラは、いつもそればかり言うのね。もしかして、他に私へ言える言葉が思いつかないのかしら？　随分と偉そうにしているけど、その態度と発想力は反比例しているのかしら？」

「私がこれを言うたびに、パンジーが話題を変えて逃げようとしているからだと思うわ。その体に、醤油の染みのようにこびりついた逃げ癖はいつになったらなくなるのかしら？」

『あの、あんまり喧嘩は……』

リリスが何とか仲裁しようとしてくれているが、意味はなし。

俺達三人が揃うと、いつもこの調子。

今日の場合は、ビオラから仕掛けたが、菫子から仕掛ける時もある。

本当に、こいつらって親友同士なのか？

「安心して頂戴、リリス。私は、ただパンジーに分を弁えるよう諭しているだけだから。特に喧嘩をしているわけではないわ」

「そうよ。私は、ビオラに少しでも精神的に大人になってもらいたいと伝えているだけだもの。特に問題視する必要はないわ」

問題だらけだわ。

リリスが全てを諦めて、俺に『何とかして』って目で訴えてるじゃねぇか。

「はぁ……。なんで、てめぇらはいつもそうなるんだよ……」

「喧嘩しても、止めてくれる人がいるからではないかしら？」

「……は？」

菫子が、やけに綺麗な笑顔を浮かべて俺にそう告げる。

気がつくと、隣に立つビオラも似たような笑顔を俺へと向けていた。

「今まで、私達はずっと恐れていた。誰かから負の感情を向けられることを、沢山の人の中で自分が一人ぼっちになってしまうことを」

「でも、今の私達は一人じゃない。二人でもない。本当に沢山の……とても素敵な人達が、そばにいてくれる」

それは、三色院菫子と虹彩寺菫だからこその言葉。普通の奴にとっては当たり前でも、この二人にとっては当たり前ではなかったからこそ、溢れ出た言葉なのだろう。

「最初は、ジョーロ君とパンジーがいれば、それで十分だと思っていた」

「でも、私達の世界はそれ以上にずっとずっと大きく広がった」

ふと、二人につられて店内の様子を見ると、そこにはみんなの笑顔が溢れていた。

気がつけばやってきていたコスモスは、ひまわり達と楽しそうに会話をし、別の箇所ではチェリーがドジをして、ホースが被害を受けている。……あぁ、フーちゃんとたんぽぽは何か喧嘩をしたのか？　また、たんぽぽが泣きわめいてるじゃねぇか。サザンカは、あぁまたカリスマ群の皆様にいじられて、顔を真っ赤にしてるよ。ヒイラギは、今度は甘える相手をツバキに変更したらしいな。あんまやりすぎると、また絶交されるから気をつけろよ。

サンちゃんと牡丹は、何か安定感があるな。熱血感溢れるけど、優しい笑顔のサンちゃんに、照れくさそうに笑う牡丹。

確かに、こんな世界は一学期のあの頃には、想像もできなかったよ……。

「理想を目指していたはずなのに、理想よりもずっと素敵な世界に辿り着けた」

「だから、私達はもう怯えない。絆が失われることを恐れて、自分の気持ちを我慢するようなことはしないわ」

だから、遠慮せずに喧嘩しあうってわけか。

まったく、それに巻き込まれるこっちの身にもなってくれよな。

けど……、そうだな。

色々あった。きっと、これからも色々なことがあるんだろうな……。

「ふふふ、折角の機会だし、二人でちゃんと伝えましょうか、パンジー」

「ええ。そうね……」

三色院菫子と虹彩寺菫。

よく似てはいるが、明確に違う二人の少女が俺を見つめる。

こんな美人たちから同時に見つめられるなんて、俺はなんて贅沢者だなんて思っちまうな。

「ありがとう、雨露君」「ありがとう、ジョーロ君」

そう言って、三色院菫子と虹彩寺菫は微笑んだ。

俺はお前に会いたくないよ

エピローグ

「今日こそは……。今日こそは……」

時は昼休み。右手に弁当箱を持った俺は、目の前のドアに書かれている『図書室』の三文字を眺めつつ、神に祈るように左手で十字を切った。

「ねぇ、あの人って、確か三年の……分不相応な恋人がいる人じゃ……」

「こうして近くで見ると……うわぁ……。将来性が微塵も感じられないね……」

たまたま近くを通りがかった下級生の女子生徒達から、俺に辛辣な言葉が注がれる。

学内で『分不相応』の称号を得た者だけが味わえる特権は、今日も絶好調。

しかし、こんなことはもう慣れたもの。いちいち気にするほどではない。

「よし！　行くとするか！」

気合充電完了！　下級生の言葉は聞こえてないふりをして、俺は意気揚々とドアを開いた。

ザン！　と力強い一歩を踏み出し、図書室へと突入。

たとえこの先にどれほどの困難が待ち受けていようとも、俺は逃げるわけにはいかない！

その思いのままに、全力で受付へと視線を向けると、

「あれ？　いねぇ……。おかしいな。いつもなら――」

「こんにちは」

「――――っ！」

背後から声をかけられるという想定の範囲外の事態に、全身の毛が一気にスタンドアップ。

落ち着け俺！　ここで取り乱したら、この女の思うつぼだ！

「ビックリした？」

「………っふ。想定の範囲内だよ」

冷静に、あくまで余裕綽々に、髪をかきあげそう言ってやった。

足は生まれたての小鹿のようにガクガク震えているが、まぁそこは見逃してもらおう。

「そんなに見られると……恥ずかしいわ」

クルリと背後を向いた俺からの、嫌悪感たっぷりの視線はまるで逆効果。

ポジティブガールは俺からの視線を都合よく解釈し、ポッと頬を朱色に染め、両手に持つ文庫本――夏目漱石の『こころ』で顔を覆い隠している。

その上、勘違いした期待をしているようで、少しだけ本を下げ、チラリと上目遣い。

照れアピールと図書委員アピールを同時に行う高等技術だ。

「はぁ～」

それを見て、俺は盛大に溜息を吐いた。

そりゃね、これをやってるのが可愛い子だったらたまらないよ。

でもさ、この子ったら……

「なんで、そっちの格好に戻ってるんだよ！」

びっくりするぐらい、可愛くねぇんだわ！

ぺったんこな胸に無感情で淡白な顔！　そこに加えて三つ編み眼鏡！

おかしいよね⁉　こいつ、三学期に『もう嘘をつくのはやめる』とか、それっぽいことを言ってたよね⁉　だったら、その格好はなんなんだよ⁉

俺のテンションを急降下させた後、怒りの急上昇を引き起こす女。

西木蔦高校で、そんなことができる女は、ただ一人……

「もう、そんなに熱烈な言葉をかけられると照れてしまうわ」

図書委員の三色院菫子だ。

「照れなくていいから、さっさと元の格好に戻れよ！」

ここ最近の俺の怒りの原因は、これに尽きる。

三学期には、真の姿で学校に通っていた菫子だったが、新学期になるとあら不思議。

再び、三つ編み眼鏡の姿へと戻って、登校ときたもんだ。

それ以降、俺がどれだけ文句を言っても、三つ編み眼鏡のまんま。

いや、ほんと、どうしてこうなったわけ⁉

「雨露君が原因よ」

「はぁ～？」

「私が沢山の人から声をかけられても、カビの生えた雑巾のような顔で『放任主義だ』と言って全然助けてくれない。仕方がないから、自衛の手段を取らざるを得なかったの」

毒舌とクレームがセットで飛んできた。

いや、それは仕方ないじゃん！　俺だって、最初は頑張ってたじゃん！

「最初は頑張ったから、それ以降は頑張らないでいいなんてルールは存在しないわ」

はい！　当然のようにエスパられました！

こいつのこういうところ、マジで嫌い！

はぁ……。もういいや……。

「君、あっち。俺、こっち」

一度、贅沢を覚えた人間は、中々以前の生活には戻れないもの。

この状態の菫子と話していると、どこまでもテンションが下がっていくので、俺は自分の向かうべき場所（読書スペース）と菫子の向かうべき場所（受付）を指で示し、歩を進める。

幸いにも、今日の図書室は利用者が少なめ。

っていうか、何か知らんが俺以外誰もいない。

なので、悠然とした態度で歩を進め、読書スペースへと腰を下ろした。

広く大きな机が配置され、窓から射す日の光がポカポカと気持ちのいい俺の癒しスポット。

そこに座り、心の傷を癒しつつ、持参した弁当箱を広げた。

「あん？」

ふと横を見ると、菫子は俺の指示に従わずについてきたようで、隣にチョコンと座っている。

「一緒にお話ししましょ。今日は美味しい紅茶を用意したの」

どうやら俺と話をしたいようだ。

ヒラヒラと紅茶の葉らしきものが入った袋をアピールしている。

「大変恐縮ではございますが、承服いたしかねます」

心優しき俺は、どんなにひどい相手であっても気遣いを忘れない。

懇切丁寧な断り文句とお辞儀を菫子へ。

もし事情を知っている人間が見たら、感涙にむせぶに違いない素晴らしき態度と言えよう。

「そう……。分かったわ」

慈愛に満ち溢れる俺の言葉を理解してくれたようで、菫子は淡々と返事をすると、そのまま立ち上がり去っていった。うんうん。どんな事情があっても、やっぱ優しさって大事だよな。

いつもは相手をするまでしつこく諦めない女が、今日はあっさりと引き下がってくれたぜ。

さーて、レッツランチタイムだ！　まずはウインナーをパクリ！　うーん。ジュ〜スィ〜！

※

「ふぃ～……。食った食った」

昼飯を食い終わった俺は、そのまま上半身を机に預けた。

教室に戻ると……まぁ、非常に厄介な問題が滞在しているからな。

昼休みくらいは全てを忘れて、ゆっくりと休もう。

寝る子は育つ。心と体の成長のためにも、お昼寝は欠かせない。

あー。日射（ひざ）しがポカポカしていて気持ちがいい。ほんと、ポカポカしていて……。

ポカポカ……。ポカポカ……。ボカボカ……。

「いってぇぇぇ！」

今まさに眠りに入ろうとした瞬間、俺の背中に尋常じゃない痛みが走った。

思わず立ち上がると、菫子（すみれこ）が大量の本を俺に向かって、落としているではないか。

「何すんだてめぇ！」

「貴方（あなた）がいじわるをするからよ」

プイとそっぽを向き、ふてくされる女。俺が悪いと言わんばかりの態度である。

「俺はてめぇと話したくねぇ」

「私は貴方と話したいわ」

「てめぇの事情は聞いてねぇ」

「貴方の事情は聞いてないわ」

すでに会話をするのは決定事項なのか、気づくと目の前には紅茶の入ったマグカップが二つ。ご丁寧に一つには俺の名が、もう一つには女の名が記されており、マグカップを合わせるとハートの形が作られるようになっていた。

猛烈にダサいカップルアピールである。

「……わーったよ。話しゃいいんだろ話しゃ」

「嬉しいわ。じゃあ、準備を整えるわね」

俺が観念して対話に応じる姿勢を見せると、スカートを抑え麗しき動作で俺の隣に座る董子。マグカップを持ち、上機嫌に紅茶をコクコクと飲んでいる。

「で、何を話すんだよ？」

「…………っ！」

紅茶を飲む動作がピタリ。その後、ツツツと女の視線が左から右へと移動していく。

「おい、てめぇ……まさか、何も考えてなかったのか？」

「私、体が先に動くタイプなの」

「もう少し考えて行動してくんない⁉」

「雨露君、落ち着いてちょうだい。かつて私は、考えすぎて行動した結果、多大なる迷惑を貴方にかけてしまったわ。もう、あんなことは繰り返したくないの……」

「湿っぽくすれば、なんでも許されると思うなよ？」

「解せないわね……」

解せや。

あと、ふくれっ面のまま、おもむろにマグカップを近づけて、ハートの完成を目指すな。

「……んじゃ、何か聞け。それに答えっからよ」

自分の分のマグカップをすぐさま手に取り、ハートの完成を阻止しつつ、紅茶をゴクリ。

悔しいことに、今日もべらぼうに美味い。

「ねぇ、最近どう？」

「焦点を絞れ。漠然としすぎだ」

すると女の胸ポケットから、怪しげなセピア色の小瓶が現れた。

「ねぇ、細菌どう？」

「昇天するわ！　てめぇはどんだけ準備がいいんだ!?」

「貴方が答えてくれないからでしょ。答えるって言ったのに……嘘つき」

「……あー。最近もいつも通りだ。とりあえず、ヒイラギがやばい」

新学期と同時に幕開けしたとんでもない大問題。

様々な問題がマーブル状に混ざり合った、ヒイラギ懐柔事件。

それは、未だに解決できていないどころか、その目途すら立っていない。

「大変ね」

「こんなことになったのは、てめぇのせいだろが」

「……それは、そうかもしれないけど……」

俺の言葉にシュンとする菫子。だが、同情などせん。

ヒイラギが、知らない奴らからやけに話しかけられ、人見知りでパニックを起こしまくっている原因は、結構な割合で菫子が占めている。

だというのに、本人は呑気に紅茶をたしなんでいるのだから、これまたおかしな話だ。

「大体な、本当に反省してるんだったら、さっさと俺を喜ばせろ」

チラリと横目で期待を促す。やけに察しのいいこいつのことだ。これで全てを悟るだろう。

その証拠に、先程までのやや沈んだ瞳が、あっという間に活気を取り戻している。

「分かったわ」

「まじか！」

おお！　言ってみるもんだな！

「……少し……恥ずかしいわね」

頬を朱色に染め、言葉と共に少女が立ち上がる。

そのままジッとこちらを見つめつつ、足を徐々に上げていき、俺の眼前へ自らが履いている上履きを、スッと差し出してきた。

さすが、スカート膝下二十センチだ。下着も太股もまるで見えない。

で、こいつ、何やってんの？

「さ、お舐めなさいな。今日は貴方の大好物よ」

「お舐めませんよ？　俺、君の上履き、大好物じゃないよ？」

「そ、そんなっ！　……信じられないわ……」

女の胡散臭い驚きの表情に、俺の堪忍袋の緒がプチッといった。

「ぜってぇ、わざとだろが！　この腐れペッタンコ三つ編みメガネ！」

「あら？　貴方の真似をして、いじわるをしただけなのに、ひどい言われようね」

「てめぇが俺にやってることのほうが、よっぽどひどいわ！」

「でも、そんな私が大好きなのでしょう？」

「……ぐっ！　ほ、本当にてめぇは……」

あ～。マジで、俺ってなんでこんな女と付き合ってるんだろ？

もっと他に良い女は沢山……

「そうだよ！　文句あるか⁉」

いねぇから、厄介なんだよな……。

「ふふふ。文句なんてあるわけないじゃない。……だって、私も同じだもの」

昼休み、普段は大盛況なのに、今日に限って利用者が誰もいない図書室で、三色院菫子（さんしょくいんすみれこ）が俺の肩へ上機嫌に自分の頭部を乗せる。

外は快晴。雲一つない綺麗（きれい）な空を見上げて、

「月が綺麗（きれい）ですね」

あとがき

ありがとうございます。

まずは、このありがちな言葉を本作に関わってくれた全ての人に伝えさせて下さい。

２０１６年の２月に第一巻が発売され、気がつけば２０２１年６月。

５年間も、この作品に携われることになるとは、当時は夢にも思っていませんでした。

１冊の本で人生が変わる……なんて話がありますが、私にとってそれに該当する本は、間違いなく『俺を好きなのはお前だけかよ』でしょう。

俺好きのおかげで、私の人生は大きく変化しました。

ただの会社員だった自分が、夢のエンタメ業界に足を踏み入れることができたのです。

その中で、本来であれば出会うはずのなかった沢山の素敵な人とも出会えました。

　ここまでお付き合いしてくれた読者の皆様。担当編集になってくれた三木さん、小原さん、近藤、その他の皆さん。イラストレーターになってくれたブリキさん。プロデューサーの中山さん、監督の秋田谷さん、音響監督の郷さん、作画監督の滝本さん、ジョーロをやってくれた山下、サンちゃんをやってくれた内田さん、パンジーをやってくれた戸松さん、コスモスをやってくれた三澤さん、ひまわりをやってくれた白石さん、あすなろをやってくれた三上さん、サザンカをやってくれた斎藤さん、たんぽぽをやってくれた佐伯さん……うん、これはキリがないな。ちょっとここらで一度ストップしておきます。

ともあれ、本当に多くの方と出会え、様々なことを経験させてくれた『俺を好きなのはお前だけかよ』には、深い感謝を伝えたいです。

もう一度、言います。本当に、ありがとうございました！

もう一つ、言います。16巻、最終巻じゃありません！

………いや、いやね、違うんですよ。

15巻のあとがきを書いている時は、本当に16巻が最終巻のつもりだったんですよ。

なんか、こう、ちょっといい感じに『物語が終わっても人生は続きます。ジョーロ君達は、これからも様々な経験をしていくでしょう』とか、それっぽいこと書こうとしてたんですよ。

ただ、16巻書き終わった後くらいに、「あれ？　これ、まだもう一個くらいいけない？」、「後日談的な話、書きたくない？」と、どこかから声が聞こえてきたんですよ。

やらずに後悔するよりは、やって後悔したほうがいい。

よっしゃ！　17巻を書こう！　そんなんになっちゃったんです。

こうして、私は一つ学びました。将来ラノベ作家を目指す皆様、軽い気持ちで「次の巻が最終巻です」とかあとがきに書かないようにしましょう。

何だか、ちょっと気まずい思いをする羽目になります。

でも、あと一冊！　本当に次で最後ですから！

と懲りずに言っちゃう私なのでした。

では、当初予定していた謝辞を変更し、いつもの謝辞を。

十六巻を購入したいただいた皆様、気軽に最終巻とかいってすみませんでした！

お詫(わ)びにちょっとしたネタバレをすると、もう新作書いてます……っていうか、ほぼ書き終わっていて、年内には確実にお届けします！　次の作品もブリキさんと一緒です！

ブリキ様、今回も素敵なイラストをありがとうございます。まだまだお付き合いが続きそうで、私としては嬉(うれ)しい限りです。

担当編集の皆様、前半でそれっぽく書いたので省きます。

山下、またよろしく。

駱駝(らくだ)

◉駱駝著作リスト

「俺を好きなのはお前だけかよ①〜⑯」（電撃文庫）

本書に対するご意見、ご感想をお寄せください。

ファンレターあて先
〒102-8177　東京都千代田区富士見2-13-3
電撃文庫編集部
「駱駝先生」係
「ブリキ先生」係

本書は書き下ろしです。

電撃文庫

俺(おれ)を好(す)きなのはお前(まえ)だけかよ⑯

駱駝(らくだ)

2021年7月10日　初版発行

発行者　青柳昌行
発行　株式会社KADOKAWA
〒102-8177　東京都千代田区富士見2-13-3
0570-002-301（ナビダイヤル）
装丁者　荻窪裕司（META＋MANIERA）
印刷　株式会社暁印刷
製本　株式会社暁印刷

●お問い合わせ
https://www.kadokawa.co.jp/（「お問い合わせ」へお進みください）
※内容によっては、お答えできない場合があります。
※サポートは日本国内のみとさせていただきます。
※ Japanese text only

※定価はカバーに表示してあります。

ISBN978-4-04-913834-4　C0193　Printed in Japan

電撃文庫　https://dengekibunko.jp/

電撃文庫創刊に際して

文庫は、我が国にとどまらず、世界の書籍の流れのなかで〝小さな巨人〟としての地位を築いてきた。古今東西の名著を、廉価で手に入りやすい形で提供してきたからこそ、人は文庫を自分の師として、また青春の想い出として、語りついできたのである。

その源を、文化的にはドイツのレクラム文庫に求めるにせよ、規模の上でイギリスのペンギンブックスに求めるにせよ、いま文庫は知識人の層の多様化に従って、ますますその意義を大きくしていると言ってよい。

文庫出版の意味するものは、激動の現代のみならず将来にわたって、大きくなることはあっても、小さくなることはないだろう。

「電撃文庫」は、そのように多様化した対象に応え、歴史に耐えうる作品を収録するのはもちろん、新しい世紀を迎えるにあたって、既成の枠をこえる新鮮で強烈なアイ・オープナーたりたい。

その特異さ故に、この存在は、かつて文庫がはじめて出版世界に登場したときと、同じ戸惑いを読書人に与えるかもしれない。

しかし、〈Changing Times,Changing Publishing〉時代は変わって、出版も変わる。時を重ねるなかで、精神の糧として、心の一隅を占めるものとして、次なる文化の担い手の若者たちに確かな評価を得られると信じて、ここに「電撃文庫」を出版する。

1993年6月10日
角川歴彦

電撃文庫DIGEST　7月の新刊

発売日2021年7月9日

新・魔法科高校の劣等生
キグナスの乙女たち②

【著】佐島 勤　【イラスト】石田可奈

高校生活を楽しむアリサと茉莉花。アリサと同じクラスになりたい茉莉花は、クラス振り分けテストに向け、魔法の特訓を始める。アリサもクラウド・ボール部の活動に熱中するが、三高と対抗戦が行われることになり!?

俺を好きなのはお前だけかよ⑯

【著】駱駝　【イラスト】ブリキ

姿を消したパンジーを探すという、難問に立ち向かうことになったジョーロ。パンジーを探す中、絆を断ち切った少女たちとの様々な想いがジョーロを巡り、葛藤させる。ジョーロに待ち受ける真実と想いとは——。

声優ラジオのウラオモテ
#05 夕陽とやすみは大人になれない？

【著】二月 公　【イラスト】さばみぞれ

2人が闘志に燃えて臨んだ収録現場は、カツカツ予定に土壇場の台本変更——この現場、ヤバすぎ？　お仕事だからって割り切れない2人の、青春声優ストーリー第5弾！

ドラキュラやきん!3

【著】和ヶ原聡司　【イラスト】有坂あこ

コンビニ夜勤に勤しむ吸血鬼・虎木に舞い込んだ未晴からの依頼。それは縁談破棄のため京都の比企本家で未晴の恋人のフリをすることで!?　流され気味の虎木に悶々とするアイリスは決意する——そうだ、京都行こう。

日和ちゃんのお願いは絶対3

【著】岬 鷺宮　【イラスト】堀泉インコ

どんな「お願い」でも叶えられる葉群日和。そんな彼女の力でも、守り切れないものはある——こわれていく世界で、彼は見なくてすんでいたものをついに目の当たりにする。そして彼女が彼に告げる、最後の告白は——。

オーバーライト3
ロンドン・インベイジョン

【著】池田明季哉　【イラスト】みれあ

ロンドンからやってきたグラフィティライター・シュガー。ブリストルのグラフィティ文化を「停滞」と評し上書きを宣言！しかも、ブーディシアと過去何かあった模様で……街とヨシとの関係に変化の嵐が吹きおこる。

ギルドの受付嬢ですが、残業は嫌なのでボスをソロ討伐しようと思います2

【著】香坂マト　【イラスト】がおう

憧れの“百年祭”を満喫するため、祭り当日の残業回避を誓う受付嬢アリナ。しかし何者かが流した「神域スキルを得られる」というデマのせいで冒険者が受付に殺到し——!?　発売即重版の大人気異世界ファンタジー！

ウザ絡みギャルの居候が俺の部屋から出ていかない。②

【著】真代屋秀晃　【イラスト】咲良ゆき

夏休みがやってきた！　……だが俺に安寧はない。怠惰に過ごすはずが、バイトやデートと怒涛の日々。初恋の人“まゆ姉”も現れ決断の時が訪れる——。ギャル系従妹のウザ絡みが止まらない系ラブコメ第2弾。

新作
使える魔法は一つしかないけれど、これでクール可愛いダークエルフとイチャイチャできるならどう考えても勝ち組だと思う

【著】鎌池和馬　【イラスト】真早

「ダークエルフと結婚？　無理でしょ」僕の夢はいつも馬鹿にされる。でも樹海にいるじゃん水浴びダークエルフ！　輝く銀髪小麦色ボディ弓に長い耳ぴこぴこ、もう言うぞ好きだ君と結婚したい！　……だったのだが。

新作
嘘と詐欺（ペテン）と異能学園

【著】野宮 有　【イラスト】kakao

エリート超能力者が集う養成学校。そこでは全てが勝負の結果で判断される。ある目的から無能力ながらも入学した少年ジンは、実は最強の詐欺師で——。詐欺と策略で成り上がる究極の騙し合いエンターテイメント。